小説　庄内藩幕末秘話　第二

西郷隆盛と菅秀三郎

宇田川　敬介

目次

小説　庄内藩幕末秘話　第二

西郷隆盛と菅秀三郎

装丁・挿絵　小暮満寿雄

〈序〉

「仰せのとおり、物事が進んでおります」

新発田城外の「清水御殿」といわれる下屋敷に、大男が膝を折って丸まっていた。

「そうか」

上座に座る男は、鍛えられた腕で丁寧に点てられたお茶を口に運んだ。

「新発田はお茶が盛んであるから、点て方も葉の選び方も非常によいぞ。吉之助もそんなところで丸まってないで飲みなさい」

「はい」

吉之助といわれた男は、上体を上げるだけでなく、膝も崩して胡坐をかいた。服はどこかの虚無僧か、幽霊寺の住職のような成りであったが、その目や顔は活き活きと輝いていたのである。

「で、物事が進んでいるとはどういうことだ」

上座に座るものは、横にある落雁を口に含んだ。

「はい。庄内藩は開城いたしました」

「言った通りであろう」

上座に座る四條隆謌は身を乗り出した。

「隆謌様のおっしゃる通りです」

「いやいや、吉之助さんや黒田君がうまくやってくれたということであろう。しかし、薩摩の人々は剛毅なものだ。吉之助さんにしても黒田さんにしても、単身、敵である庄内藩の中まで入って、悠々と出てくる。私になどとてもできるものではない」

四條隆謌は残ったもう一つの落雁を口に含むと、齧りもせず一気に横にあるお茶で飲み干した。吉之助と呼ばれている西郷隆盛は、その姿を見て奥に声をかけた。すぐに奥の女中が座敷に入り、お茶を目の前で点てる。その間、二人の間は無言の空間が続いた。頭の中には、やっとここまで来たという感慨が流れていた。

「これで、藩で抵抗するものはなくなりました」

西郷は、改めて足をそろえて座ると
「おめでとうございます」

と頭を下げた。

「いやいや、ご苦労であった。ただ、これから。これからである」

四條隆謌は、二服目のお茶の香りをゆっくりと楽しむと、一口唇を濡らし、そして茶碗を置いた。

「吉之助さん、今日は、いいではないか。黒田さんが戻ったら、少し庄内の話を聞かせてくれないか」

「はい、喜んで」

西郷隆盛は、また足を崩すと、傍らのお茶を、まるで砂漠から帰ったもののようにグイッと飲み干した。


ペルリ（ペリー）が浦賀に来航して以来、長年鎖国していた日本は日ごとに揺れる結果になった。もちろん、それまで二百六十年もの太平の世を鎖国の中で謳歌していたということ自体が奇跡であるということも言える。しかし、それだけに黒船の放った数発の大砲は、その大砲の弾そのものの被害以上に、日本国内を大きく揺るがすことになった。

本来、「夷敵」を成敗するということを目的とした武士の棟梁である征夷大将軍をいただく江戸幕府の中においても、また朝廷の中においても、黒船の圧倒的な武力に対して、本来の目的である夷敵を排除する「攘夷」を行うのか、あるいは黒船の要求する開国を行うのか、そのことによって国論を二分することになる。幕府だけでなく、各藩も朝廷も同じように各論が二分することになる。そのような中、幕府は結局「開国」してしまうのである。

あくまでも「攘夷」を主張する朝廷と「開国」を行ってしまった幕府が対立構造になる。また藩単位で攘夷を行うところが出てきて、薩摩、長州は独自に外国と戦争を行うようになる。そして、慶応四年正月、上洛を目指した徳川慶喜とそれを阻む薩長連合軍の間で、鳥羽伏見の戦いが起こり、そして、そのまま戊辰戦争が始まる。三月には江戸城が無血開城し、これで終わるかに思えたが、奥羽越列藩同盟がことのほか頑強に抵抗し、長岡藩、そして会津藩、二本松藩、そして庄内藩との間で激烈な戦いが行われたのである。

その中で、庄内藩は民兵農兵を含め、非常に精強で、長岡での戦と合わせてかなりの犠牲を強いられることが予想された。実際に、秋田から攻め上った長州藩を中心にした新政府軍は連戦連敗であり、庄内藩の旗を見るだけで怖気づいて逃げ出してしまうものが出てくるほどであったのだ。

そのような中、長岡藩が降伏し、また、新発田城も無血開城を行った。北陸道鎮撫総督を指揮する高倉永祐(ながさち)、そして副総督四條隆平(たかとし)はそのまま新発田城に軍をすすめ、庄内藩を伺った。軍事参謀を務めた薩摩藩の黒田了介（清隆）、長州藩の山県狂介（有朋）は、長岡藩の戦いで疲弊していること、また、秋田の戦いで庄内藩が精強なことを理由に、東征大総督の有栖川宮熾仁(たるひと)親王に援軍を要請し庄内の国境で小競り合いをするにとどめ、そのまま軍を止めたのであった。

北陸道鎮撫総督の要請を受けた東征大総督下参謀の西郷隆盛は、薩摩に帰り、すぐに薩摩兵五千を整え、新発田に参集したのであった。船で大阪まで入り、そのまま京都郊外を通り、そして、琵琶湖のほとりから北陸道を抜けて、新発田に入る西郷の軍隊は、隊列も整然とし、黒服に銃をしつらえた立派なものであったという。また、軍紀も厳しく、それまでの新政府軍のどれよりも立派であったという。そんな軍隊を見て、京都からその軍に随行したものがいた。それが、四條隆謌である。蛤御門の変の後の「七卿落ち」で官位をはく奪されたために家督を隆謌の弟で養子の四條隆平に譲り、その後、復帰していた。四国中国追討総督として平定したのちに、東征大総督付参謀に任じられていたが、その中で最も政府軍にとって被害が大きい長岡と庄内のために、お忍びで北陸鎮撫軍の本部のあった新発田に入っていたのである。

四條隆謌も、西郷も、新発田に入ると、自分たちは本来の北陸鎮撫軍でなく、単なる援軍でしかないことから、正規軍の新発田城に入ることを遠慮し、新発田藩下屋敷である清水御殿を本拠としていたのである。


「了介さん、ちゃんと首がついているではないか」

四條隆謌は、すでにほろ酔い加減で、庄内から戻ってきた黒田了介に声をかけた。

「閣下、最近の幽霊は、首はついていても足がないといいます」

西郷は、手を幽霊のようにブラブラさせながら、やはり黒田をからかった。

「いや、やめてください。吉之助まで。わかったって。庄内藩に開城確認の使者で行くときは、やはりこっちも命がけでしたよ」

「いやいや、命がけではなく、すでに死人のような顔になっていたよ」

西郷は大声で笑った。

数日前、庄内藩の降伏の使者を受けて、武装解除と開城の確認に行ったのは、北陸道鎮撫軍下参謀として、薩摩藩出身の黒田了介が出向いたのである。その時は、黒田は「死ぬ覚悟」であった。しかし、行く直前に黒田に会った西郷も、そして四條も「庄内藩から降伏を言ってきたのに、絶対に黒田を殺すはずがない」ということを理解していたし、一方で「日本一の軍師を失うのは悲しいことだ」と言って笑いながら見送って、黒田をからかっていたのである。

案の定、黒田が城に向かうにあたり、命の危機にさらされることは全くなかった。それどころか、しっかりとした上司の扱いを受け、古式にのっとった対応をされたばかりか、統制のとれた軍や鶴岡の町民は、新たな希望をすら感じさせる対応であったのだ。

「それでも、三回も銃声がしたんだ。そのたびに死ぬ思いだったんだ。だいたい……」

黒田は、少し怒った風に言った。

「了介」

四條が朱塗りの盃をグイッと飲み干して口を挟んだ。

「お前は、大参謀様として、新政府軍を代表して、相手が降伏してから行ったんだ。それに比べて、西郷吉之助は、降伏前に十日以上鶴岡城下に潜入して、鶴岡の内情を探っていたのだぞ。お前が長州や隆平と一緒に庄内と戦っている間、西郷は庄内の内部にいたんだ。その方がよほど危険ではないか」

「え、ええっ」

黒田は持ちかけたお猪口を落としそうになりながら、やっとのこと、その手を止めた。

「そうじゃ、了介」

西郷はお猪口に素焼きの徳利の酒をあけながら言った。新発田城の指令本部には陶磁器の高級なものがそろっていたが、お忍びで来ている四條隆謌や西郷隆盛には高級な食器が残っていなかったため、庶民の素焼きの食器が使われていた。はじめのうち、四條隆謌の付き人は「無礼ではないか」と言ったが、隆謌自身が「これは風情があるではないか。隆平に良い思いをさせてやれ。こちらは忍びじゃ」と言ったため、そのまま素焼きが使われるようになっていた。

「わしは、虚無僧の格好で鶴岡に入り、廃寺に宿をとって十日間も鶴岡の者たちと話をしておった。中には、酒田からきた海坊主とか、羽黒山の妖怪入道とか、いろいろ言われたんじゃ」

「妖怪入道とは、なかなかよく出来とるじゃないか」

四條はことのほかご機嫌である。

「まあ、妖怪と思われたので、襲ってくるものもいなかったし、銃弾もわしをよけ申した。

だから助かって、ここで酒を飲んじょるんじゃ」

「それは面白いのお」

「しかし、妖怪とはあながち間違ってはおらんぞ」

やっとお猪口の酒を飲みほした黒田清隆が話をした。

「何しろ、庄内にとっては、自分たちの敵の大将じゃ。それが目の前に単身入ってくるんじゃから、そりゃ妖怪以外の何物でもない。わしなんぞは、怖くて怖くてたまらなかったが、吉之助は逆に、そんな危険なところを楽しんじょる。そりゃ妖怪変化そのものじゃわい」

「なんだ、そんなことか。わしは、坊さんと自殺未遂して、島流しに三回あって、それでも生き残っちょるから、死にぞこないの妖怪変化と思われたんかと思ったわ」

西郷は、自分の過去を包み隠さず、簡単に酒席の笑いの肴にした。

「ほう、吉之助さんは三回も島流しにあいましたか」

四條隆謌は、おからで握った新発田名物の「から寿司」で、特に酢の強いコハダを選んで口の中にほおりこんだ。

「私などは、先代天皇に京都を追い出されましたがね」

四條家は、平安時代から宮廷の料理に関する家柄であり、包丁儀式の本家に当たる。その意味で、四條家はこの時の貴族の中でもグルメで通っていた。彼はその土地の名産を食べるのが好みであった。酢の強いコハダを選んだのは、この日の酒が、いつものものよりも甘かったからである。普段は、やはりこの辺で名産の鮭の「から寿司」であり、清水御殿の料理人もそれを知っていたために、鮭を多く出したが、その中からわざわざコハダを選ぶ四條は、真ん中から器用におからの寿司を持ち上げるのだった。もう酔いが回った黒田や西郷は、うまくつかめないのか、皿だけでなくお膳の周りにもおからが飛び散っているのである。

「はい、いやいや、そのおかげで、祝言も三回させていただきました」

「それはうらやましい」

「いやいや、いずれも情が深くなって、かえってこまったものです」

「そうか。でも、庄内などに対しては、そこを治めるには情が必要じゃ」

四條はいつになく真剣に言った。

「はい」

「民にも武士にも、厳しく、しかし、情をもって接する。それが天下の政の王道であろう。

孔子も仁と礼を、武士道では義を、親子では孝を、主従では忠を、それぞれ重んじる。情をもって接し、寛大に処置をする。さすれば、民は必ずなびく。そういうものではないかな」

口の中が酸っぱくなった四條は、改めて盃に甘めの酒を溜め、一気に飲み干した。

「はい、心して」

「まず、この庄内じゃ。了介はどう見る」

「私などは殺されるかと思っていましたし、これが薩摩ならば、少なくとも捕虜か何かで捕まっているでしょう。私を人質にして交渉するとか、ここにいる吉之助ならば考えそうなことです」

「そんなことはしないわ」

西郷は少々笑いながら言った。場合によってはありうるということであろうか。

「しかし、庄内は違い申した」

黒田は、西郷の言葉を無視して続けた。

「酒井忠篤(ただずみ)公は、幼少ながらかなりの大器でした。私の前ですべて自分に責任があると申すその姿は、敵将ながらあっぱれ。また、菅実秀(すげさねひで)、松平親懐(ちかひろ)以下、家老中老は、すべて儒教の心得があり、その忠誠心は見上げたもの。忠篤公が責任と言った時は、先に彼らが腹を切るのではないかと思って焦り申した。また庶民も皆儒学の心得があり、庄内は藩が藩公を中心にしっかりと一つの塊になっているように思え申した」

「そうであろう」

四條隆謌は、納得したように大きく頷いて、また酒を飲んだ。

「了介は、そんな庄内をあくまでも滅ぼすべきと言っておったなあ。了介の言うままにしたら薩摩の人間が何人死んでいたか」

西郷は、もともと下戸な方であったため、この辺から酒の代わりに湯呑みに入れたお湯を飲み始めた。西郷吉之助の弟は、実は長岡藩との戦いで戦死している。「何人死んでいたか」という言葉には、吉之助自身は含むところがあったが、すでに酔っている四條や黒田には気付かれなかったようだ。

「いやいや、そう言わんで下され。庄内があんなに学んでいるとは思わなかった」

「了介、わしみたいに、敵の中に入って、様々に話を聞き感じないで、めったに敵を作れば大変なことになるのじゃ。わしはそれで十日間も鶴岡に入ったんじゃ。わしの顔が知られている会津の町の他は、だいたい町の中に入って、その町の人と話をしている」

西郷は、すでに冷めてしまったお湯を飲み干して続けた。

「庄内だけは違う。他の国と全く違う。江戸も、宇都宮も、二本松も、いずれも入ったが、町人はみな国も家も土地も捨てて逃げ出していた。武士や藩が自分たちを守ってくれるというような信頼は全くなくなっていた。それに比べると、庄内の人は誰一人逃げていない。それどころか、庄内には近隣の藩からも人が入ってきている。庄内はそれをすべてとりこんでいるのじゃ。いや、軍を募集しているとかではない。女も子供も皆入っている。庄内ならば守ってもらえるというものもあるが、しかし、それだけではない。庄内の人と一緒に戦おうとそう思っているのじゃ。そんな藩があることを信じられるか、了介」

「吉之助。そうじゃ、わしが鶴岡に入った時も、女性が城下に入っておった。誰も逃げず、笑顔でわしを迎えておった。そうじゃ。長岡藩との違いはそれじゃ」

黒田は初めて合点がいったような感じであった。

「そうであろう。そもそも、ここ新発田だって、半分くらい空き家ではないか。しかし、鶴岡は違った。なんというか、まずは町人の心が豊かじゃ。そして、皆が庄内のことは当然に、庄内を通して日本国全体のことを考えている。農民も、町人も皆が皆、そのために自分が何をすべきかということを考えている。自分のことは別にしても、庄内藩や酒井公のことを先に考えるようにしている」

「まさにそのとおり」

「それは、それだけ酒井公、並びに、家老中老の人望や、政治が優れていることになる。それだから、酒井公、鶴岡、そして自分の土地を捨てようとしない。そこで死のうとする。そこから離れた自分の姿を思い描けないのじゃ。守るものを持った人、そして大きな志のある人、これは武士も農民も町人もない。そういう人の集まりは強い。今から必要なのは、このような人材なのじゃ」

「吉之助」

四條が口をはさむ
「そんな庄内はどのようにするつもりじゃ」

「はい、今回の件を不問に付そうと思います」

「それは……」

黒田が口を挟んだ。

「了介、お主は、たった今庄内の素晴らしさを言ったばかりではないか」

「それは、そうだが」

「今回の庄内の戦争は、私怨ではない。彼らは、庄内のためではなく、この日本の国のために、自分の信じた道を進んだのに過ぎないのではないか。そのように考えれば、逆に、彼らが我々と同じ方向を向けば、最も強力な味方になる。庄内が戦争に強いのは実証済みだ。それに情報にも長けている。そして、町人も農民も、みな、自分の本分を知っており、そのうえ、その本分の中で、国のために動こうとしている。このような人びとを、この土地から切り離すことはできないし、また、庄内の人間でない者が治めることもできないであろう。そうであれば、庄内は、このまま、新政府の模範として動いてもらうことが上策じゃ」

「それは良い考えじゃ」

今度は四條が、黒田が何かを言う前に、口を開いた。

「特に、今回新政府に反抗した藩の出身者が新政府のためになるのであれば、それは、敵味方なく広く国民の意見を入れて政治ができる象徴になるであろう。会津の者たちも、政府の中心で力を発揮できるように思え、今の仕事に力を尽くすようになる。そのようなことが最も大事なのじゃ」

「閣下、まさにその通りと存じます。滅ぼすのはいつでもできます。活かすこと、動かすこと、そして模範とすること、これこそ最も難しいし、そして新政府に必要なものではないでしょうか」

「吉之助、だいたい、私も一度孝明天皇に官位をはく奪されておる。吉之助は三回も島流しにあっておる。そのような者が、新政府の中心にいるのじゃ。長州などは、御所に向かって大砲を撃ったにもかかわらず、今では新政府の中心勢力じゃ。庄内や会津の人々、いや幕府の人々が、過去の罪状を捨て、新たに活躍できる。そのような日本を作るべきではないかと思うぞ」

「御意」

西郷は、胡坐をかいたまま両手をついて頭を下げた。

「了介、何かあるか。酒の席じゃし、今回庄内が無事に開城し武装を解除したのは黒田大参謀様のご活躍だから、なんでもお話し下され」

四條は、そこまで言うとにやりと笑って盃を口に運ぶ。すでに、徳利は、八本か九本が膳の横に転がっていた。

「では、その庄内が今のままで、もしも新政府に反抗をしたらいかがいたしまするか」

「吉之助」

四條は吉之助の方に話を振った。

「はっ、その時は当然に、この西郷吉之助が全軍を指揮して、今度は庄内を滅ぼしまする」

「よし。以後、この議論はそのようにせよ」

四條は上機嫌に盃を空けた。

〈第一章〉

1　明治九年夏　鶴岡城棄却

「エイ、ヤッ、トォ」

明治九年、夏、最後に残った本丸の壁が落とされた。いくつもの縄が掛けられ、内側に引き落とされる形で、白く美しい壁が断末魔の叫びをあげながら倒れた。

すでに二の丸南東隅櫓（やぐら）があった場所には鶴岡町役場の建設が行われ、ほぼ出来上がっていた。もちろん、仮庁舎以外は、その前にある旧藩校致道館が使われていた。かつての庄内の人々の心のよりどころは、今は庄内の人々を支配する場所になってしまったのである。

「城がなくなったなあ」

菅秀三郎実秀は、人目もはばからず涙を流した。

「これでよかったんだよ」

松平権十郎親懐（ちかひろ）は、秀三郎の隣にいて、やはり涙を流しながら言った。

「本当に良かったのでしょうか」

「戦に負けたとき、こうなることは決まっていたのじゃ。それでも庄内は良い方じゃ。我々は城を失った。しかし、国は失われていない。会津の人々のように、先祖伝来の土地を失ってはいないのだ。杜甫の『春望』にある通り〈国破れて山河在り〉まさにそのものではないのか」

「はい」

菅秀三郎は、それでも疑問であった。城の壁が見えるところには、多くの町人も、いや、近郷から農民の多くも、老若男女が集まって涙を流していた。声をあげて泣く者はいなかったが、皆、心に大きな感慨を持っていることはすぐにわかった。

「本当に、民はこれでよかったのでしょうか。民も皆泣いています」

秀三郎は声を絞り出すように言った。松平権十郎が言った言葉に反対するように言った。いや、秀三郎にすれば、権十郎の言葉に反対したわけではない。権十郎の言った言葉、庄内は会津や長岡に比べてかなり温情の沙汰があり、また、そのことによって非常に良い扱いになっているということも十分に承知していた。いや、秀三郎は、いつしか自分の中に「これで十分だ」というような安心感と、自分を称賛するような自惚心が芽を出しつつあった。しかし、今、自分が生まれて今まで心の支え、そして中心にあった鶴岡城が完全に更地になってしまった状態を見て、誰に対してでなく申し訳ないという自責の念が出てきたのである。「民も泣いている」、これは、秀三郎は、権十郎に言っているように見えて、自分自身に言い聞かせた言葉でもあったのだ。

「民も、お城をお慕い申し上げていたのだな」

権十郎は、独り言のように言った。権十郎には、秀三郎の気持ちは痛いほどわかっていた。いや、権十郎の中には、今からでも庄内藩のために、酒井忠篤公のために、そして庄内のために戦う気概があふれていた。その後、西郷隆盛の恩義によって自分が大泉県の県令になったにもかかわらず、自分の政治力がなかったために、のちの「ワッパ騒動」といわれる騒動をおこしてしまい、結局薩摩藩出身の三島通庸県令を迎え、自分は参与としてしか指揮できなくなってしまった。三島県令になってのち、すぐに鶴岡城の廃城が決まり、そして昨年明治八年から始まった解体工事の結末が今なのである。権十郎にすれば、城がなくなったのは己の責任ではないかというような感覚であった。そして、今にも腹を切らなければならない思いを、何とか止めているところであった。それでも、無意識に両手は腰のものを探していた。ちょうどこの年の三月に「廃刀令」で刀を差さなくなったため、両手はむなしく動き回っていた。いや廃刀令がなければ、二人ともこの場で腹を切っていたかもしれなかった。

「権十郎殿も秀三郎殿もいらっしゃっていましたか」

不意に後ろから明るい声が聞こえた。涙している二人は、誰かと思って後ろを振り返った。

「本間殿」

そこに立っていたのは酒田本間家の本間光美であった。二人は自然に頭を下げた。

「いやいや、やめてくだされ。すでに昨年隠居しまして、今は何の権力も金も何もない、ただの老いぼれになりました」

「なにを、まだまだそんなお年でもございませんでしょうに」

権十郎は、やっと懐紙で涙を拭きながら言った。

「いやいや、身体は年を取っていなくても、中身はさすがに老いぼれました。もうやるべきことはやり、そして力が足りず、この結果。これでは私も酒田や鶴岡で上を向いて歩けません」

本間家は、戊辰戦争における庄内藩のほとんどすべての軍資金を作り、最新の兵器を買いそろえた財政的な基盤であった。なおかつ、その後お国替えを命じられた時も多大な貢献をしている。しかし、本間光美は、自分の資金が足りなかったということを気に病んでいたのである。

「武士でもない本間殿が、そんな風に思う必要はありません。我々は本間殿に頼りすぎたのではないかと」

秀三郎は頭を下げた。

「いえいえ、誰も、ここで見ている庄内の誰もが、力が少しずつ足りなかったから、庄内は降伏せざるを得なかった。でも、誰もが足りないながらも頑張ったから、今このような形になっている。そういうことでよいのではないでしょうか」

「本間殿に言われると、まさにそのような気がします」

「今ひと時は、感傷に耽り、過去に目を向けて心から涙を流す時でしょう。でも、私のように隠居してしまって、世を捨てたものには、さすがにその感傷すらも捨ててしまったのか、涙が出て来ませなんだ。しかし、今ひと時を過ぎたら、また、私たちは、世を捨てた私も、また県庁において力を尽くしているお二人も、その立場で、庄内のため、民のため、そして日本国のためにできることをしなければならないのではないでしょうか。私は隠居の身で、時間ばかりが余っているので、そのようなことばかりを考えております」

本間は、すでに涙も枯れたかのような、達観した目でそのようなことを言った。権十郎にも秀三郎にも、言葉になって口から出ることと、本間光美の本音が違うことはすぐにわかった。そして、無意識に腹を切ろうとした自分たちに、そのように言ってくれた本間が、また潤んで見えるようになってしまった。

「今は酒田の本家を息子に譲りまして松ケ岡にいます。たまに懐かしい人々も集まりますので、お忙しい中、昔語りなどの相手になりに来ていただけるようお願い申します」

本間は、慇懃に頭を下げると、致道館の方に歩き去った。

「権十郎殿」

「秀三郎。本間殿の言う通り。我々がしっかりしないと、これからの庄内が暗くなってしまう。もう少し、もう少し尽くそうか」

「はい。そのように」

すでに最後の壁を見に来た人々も半分くらいになっていた。二人は県庁と町役場のある致道館に向かった。

明治９年夏　鶴岡城棄却

2　寛大な処分

時は遡って、明治元年十一月。東京。

「なぜ庄内藩だけが寛大な措置なのだ。こんなものは認めん」

五稜郭で函館戦争が終わり、会津に関する処分が決まった。会津は今の青森県に「斗南藩」をつくり大部分はそこに移転させることになった。藩主松平容保は鳥取藩にお預けになり嫡子松平容大が藩を存続することになるのである。これに対して、庄内藩は、藩主酒井忠篤が弟忠宝に藩を譲るものの、「城外某閑地へお移り苦しからず」というものだけが条件であった。石高も、幕末に江戸幕府から預けられた一万七千石が削られたが、十二万石はそのまま残されるというものであった。

「大体、戦に降伏したところが、なぜ今までと同じ条件で存続できるのだ」

大声を上げたのは、長州藩出身で北陸鎮守の参謀であった山県有朋であった。

「わが長州藩も到底納得できるものではない」

木戸孝允は、長州藩を代表して声を上げた。

「薩摩であっても同じじゃ。これは少々温情が過ぎるのではないか」

薩摩藩出身で関口の戦いで寄せ手の隊長を務めた山下房親も反対の意思を表した。

「そもそも、藩主が降伏した、あるいは幹部が恭順の意を表したといえども、武士一人ひとりまでが降伏したとは言い切れん。実際に、この武士どもを屈服させ、反抗できないまでに追い込まなければならないのではないか」

黒田清隆は、これらの意見に対して非常に困った表情を見せた。庄内藩が降伏した時の巡検は黒田が行った。その後、新発田に来ていた四條隆謌や西郷隆盛に従って「まだ敵がいる間は、このまま武装解除でとどめましょう」と言った。北陸鎮守軍は、まだ榎本武揚が反抗していたことをもとに、黒田の意見を入れ、あえて庄内の処分を後回しにしたのだ。

「黒田殿も、そのように言ったではないか」

山県はさらに詰め寄った。

「今ならば、何も邪魔するものはない。錦の御旗に逆らったらどのようになるか、世に知らしめるべきではないか」

「まさに、山県君の言うとおりである」

口を挟んだのは、沢三位為量(ためかず)である。沢は、戊辰戦争で奥羽鎮守軍の副総督をしていた。そもそもは総督であったが、九条道孝が総督になったことによって副総督に格下げになった。そのうえ、秋田の佐竹軍と組んで庄内討伐に出たが、連戦連敗で最後には秋田の久保田城に押し込められてしまうのである。

「庄内藩のように狼藉働く輩をそのままにしてしまえば、またいつ反抗するかわからん」

沢の口から出たのは、まさにその時の恨みでしかない。

「帝に反抗したなら滅ぼさねばならぬのか」

四條隆謌が声を上げた。四條の声は、非常に良く通る大きな声であり、その声が出ることで一同は静まり返った。

「ならば、太政大臣の三条も、そして沢、お前の子供の宣嘉も、この場で腹を切らんとならぬ。見届けてからわしもこの場で腹を切って進ぜよう」

「隆謌殿、いったい何を血迷ったことをおっしゃる」

沢は急に顔を青くして言った。

「文久三年八月十八日、われら七卿は職を追われておる。まさに、帝に反抗したとして大宰府に流されたではないか。沢さん、あんたと宣嘉に至っては、その前にも八十八卿列参事件にくみして、お叱りを受けておる。自分が許されるときは何も言わず、己の戦下手（いくさべた）で兵を失ったからといって、今や政府の一員になっている人々を不当に貶めるのは許さん。そこまでけじめをつけるならば己からけじめをつけられよ」

四條隆謌は、座ったまま、目の前の机に脇差と短銃を静かに置いた。その落ち着いた風情は、四條の覚悟のほどがうかがわれる。

「わしは、すでに隆平に家督も譲っておる。平穏になった帝も見ることができた。海外との不平等条約が気になるが、まあこれも運命じゃ。さあ、沢殿、一緒に腹を切ろう。銃が良いか刀が良いか、好きな方を選びなされ」

元来、気の小さい沢為量は、あまりの恐ろしさに、失禁をしたのか、床が少し濡れている。

「さあ、どうした」

隆謌は、より大きな声で言った。その場にいた三条も岩倉もいや、誰もが息をのんだ。四條隆謌がこのように言いはじめたら誰も止められない。どのような結末になるのか、何とか、穏便に済む方法はないか。誰もが一生懸命に思考をめぐらせたのである。

「隆謌殿、その辺でお納めくだされ。この通りです」

隆謌のその声よりも大きな声で言うと、誰よりも大きな体が隆謌の前でひざを折った。まさに土下座である。

「吉之助、どうした」

「実は、わたくしも、島津公にすでに三回も島流しにあっており申す。また、帝の意に反してイギリスと勝手に戦いをおこし、国を危機に陥れ申した。このようなものが部下におればこそ、皆の心が緩みまする。まず私から、先に処罰していただけますようお願い申し上げる」

「おい、吉之助、お前何を申しちょるんじゃ」

成り行きを見ていた大久保正助（利通）が言った。

「なんだかわからんが、長州もんが御所に大砲撃ちかけながら、そのことを誰も言っておらんのに、今になって自分たちが勝った時のことだけを言いおる。こんなところと同盟を結んで、また国内に騒乱を起こすのは嫌じゃ。それならば過去の罪で、今のうちに腹を切った方がどれだけましか。正助、おまはんも一緒に死なんか」

西郷は土下座で頭を下げたまま、板の床に向かって大声で言った。ここにいる人は、長州も、貴族も、ほとんどが過去に何らかの事件があり、何らかの言われようがある。し

四條隆謌

かし、昔の事件に関して一つ一つ蒸し返していてはどうにもならない。皆がそのことを思い始めているところで、西郷はそれをはばかることなく口に出した。

「吉之助、お前が死んだら、わしも死ぬ。そういうもんじゃ。安心しちょれ、ただその前に……」

大久保は、西郷が芝居がかったことを言った時点で終わったと思っている。大久保と西郷の間にはそのような空気が流れていたし、お互いをよくわかっていた。その安心からか、大久保は懐に手を突っ込むと、誰もが大久保も銃を取り出すと思っているのに反し、キセルを取り出してタバコに火をつけた。

「四條殿も西郷殿も、その辺でよろしかろう」

三条実美が穏やかな声を出した。

「三条殿」

四條は、その声を聞くと、机に置いた銃と脇差をしまった。

「二人に問う。沢さんや山県君が言うところももっともと思うところもある。しかし、これから日本国が発展するのに国内に戦の種を残すのはよくない。四條殿や西郷殿の言うことが重要と思う。そこで、庄内が再度反抗いたしたらどうされるか、そのお覚悟だけ聞かせもう」

三条は、感情的になったこの会場の中を、すっとおさめる不思議な力を持っていた。

「それはこの西郷が責任をもって、刺し違えてでも庄内を鎮めまする」

西郷は、四條から三条に向き直り、再度頭を下げた。

「では、今の言で決して良いのではないかな。庄内は今のまま、そのままにしましょう」

木戸や山県など長州藩も、そして薩摩の一部の者たちも、この三条実美の裁可に不満そうな顔をしていた。

「それでは問うが」

その雰囲気を察して岩倉具視が声を上げた。

「三条殿は、いかなる理由をもって、会津藩や長岡の藩と、庄内藩が反抗したのとの違いをお考えか」

「それはどのようなことか」

三条は問い返した。一同は水を打ったように静まり返っている。ここからは貴族の「理由づけ」の問題であり、下級武士の大久保や木戸などにはあまり関係があるものではない。

「陛下の親政による裁可が、その当初から不公平なものであってはならぬではないか。なぜ同じように錦の御旗に対して弓を引いた藩が、片方は厳格な処分となってお国替えになり、庄内だけは特別な温情をかけた沙汰になるのか。そのような贔屓をするような政府であっては、人心が離れてしまうではないか」

「それはその通りである」

三条は、腕を組んで考えたが良い答えが浮かばない。岩倉具視が言うのも十分に理が通っている話である。また、敵対し降伏した相手の領地を没収するのは当然のことでしかない。しかし、今回の議論、四條隆謌や西郷隆盛が主張していることもよくわかる。また、四條の性格からすれば、絶対に引かないのもよくわかる。しかし、岩倉もまた頑固な策謀家であり、納得できないような話をすれば、また対立を生むことになりかねない。

問題はなぜ会津と庄内の差が発生するのか、という、その理由が多くの人、特に関係者や諸侯が納得するような理由をつけなければならない。しかし、三条にはその答えが浮かばなかった。

三条は、四條隆謌の顔を見た。しかし、隆謌も妙案がないのか、三条と一瞬目を合わすとすぐに視線をそらしてしまった。

「特に理由がないのであれば、大久保や木戸の主張通りに、庄内に対しても……」

「あ、いや、しばらく」

西郷が大声を上げた。その声は、岩倉の声を凌駕し、建物全体が震えるほどの大声であった。

「なんだ。薩摩の島流し者は、会話の時の声の出し方も知らないのか。下品な輩は怖いですなあ」

岩倉は、さも下品な人を蔑む目で見て笑った。西郷は再度土下座していたが、手は震えていた。

「庄内藩には、王政復興の大旨が通じなかったために、本来の朝廷の御趣旨のあるところが達していなかったのです。このことは深く察してやるべきと考えまする」

「なに、なんと」

「庄内で役（えき）があった時に、庄内藩の中老菅秀三郎ら数名が、京都に書状を届けんがため、庄内を出て京に向かっております」

「何を言いおじゃる。南国の島流し者は。それならば庄内者は、帝の御趣旨を知っていたということにあいなるのではないか。全くわけがわからん」

岩倉は、腕を組んで西郷を蔑視で見下ろした。

「お言葉ではございますが、その庄内中老菅秀三郎の一行は、東山道鎮撫総督軍によって信州飯田近辺で足止めを食らい、そのうえで、わが薩摩軍の警護が固いことで大津にて引き返しております。よって、帝のご趣旨が達しておらなかったと考えられます。」

「東山道鎮撫総督軍か、誰の軍隊であったかな」

四條隆謌はやっと口を開いた。東山道鎮撫軍は岩倉具視兄弟が指揮していたのだ。

「岩倉殿」

三条実美が口を開いた。

「もしやご自分の軍で庄内の使者を止めておきながら、庄内を罪に陥れる御所存でおられるか」

「な、なんと。三条殿まで」

「いや、帝のご信任を受け、錦の御旗を押し立てた行軍でありながら、使者を足止めさせ、そのうえで相手を罪に陥れるのは、かえって帝の政を卑しいものに陥れていませぬか」

三条はあくまでも仲裁者の風情で言った。どちらかに寄った者ではなく、岩倉の矛盾点を聞くという態度である。

「おい、薩摩者。それでは問う。会津や長岡はいかに」

三条の言葉を無視して西郷に詰問した。

「はっ」

西郷はその場に土下座したままで答えた。

「会津容保公は、京都守護職の要職にありながら、帝の御趣旨を知らぬはずがございません。また、長岡藩は、京都所司代の松平定敬公が長岡城にあり、やはり帝の御趣旨を知りうる立場にあり申した。幕藩の京都における要職の雄藩藩侯がおります。しかし、庄内は、江戸市中見廻役であり、京都とは無縁の役職にあり、また、都の藩邸といえども、帝の御趣旨を拝受できる立場にあり申しません」

「ふむ」

岩倉具視は、苦虫を噛み潰したような表情で西郷を睨み付けた。同じように西郷を睨み付けたのが木戸と山県であった。四條隆謌は、その表情を見逃さなかった。

「長州のみなさんは、新庄や角館で惨敗し、貴重な長州藩士の多くを失ったから恨みに思っているかもしれないが、薩摩などは、庄内藩に藩邸を焼き討ちされ、それでもこのように物事の善悪をわきまえておる。私怨で物事を言うことが、錦の御旗を汚すことと思いなされ」

「岩倉殿も、長州の皆さんも、ほかに何かありますか」

四條隆謌から少し間をおいて、三条実美が声をかけた。岩倉は、そのまま席を立った。そして長州は目を瞑っているしかなかった。大久保は不満なのか、前の煙草盆には、消える前に新しい吸殻が入るので、狼煙のように白い帯が天に昇っていた。しかし、誰も反論を言えなかったのだ。

「西郷殿、なぜそんなに寛大な処置にこだわるのでしょうか」

長州藩の前原一誠(いっせい)は、何気なくつぶやいた。西郷は、前原の声にやっと面を上げたが、そのまま床に胡坐をかいて言った。

「敵となって、味方となって、でもそれは運命と申すよりほかはない。今まで事情を知らず反抗したものであったとしても、今、順逆を知って一度帰順した以上は、兄弟も同じではあり申さぬか。特に、庄内の民は、己の戦が日の本の国のためと思って戦い、私怨によって槍を持ったのではござらぬ。そこまでの日の本の国の忠臣に、私たちはどうして、偉ぶって庄内藩を罰することができようか。帝の大御心(おおみごころ)を知りながら反抗した会津や長岡でも、その民に罪はない。しかし、藩として考えて、その事情を深く察する必要があるのではないか」

西郷は、何の屈託もなく、笑顔でそれを言った。
前原一誠は深くため息をついて
「西郷先生は、どのくらい大きいか底が知れぬ。長州のわれらは狭量を恥じなければならぬ」
ほかの藩士も、また居並ぶ諸侯、貴族も前原に倣うしかなかった。

3　英雄　英雄を知る

明治二年正月。庄内藩を代表して庄内藩中老菅秀三郎は明治政府の寛大な処分のお礼を申し述べるために江戸表に上京していた。庄内藩を代表して上京したのは、中老菅秀三郎と、庄内戦争がまだ始まる前に菅と一緒に京都に庄内藩の正当性を訴えるために旅をした本間助三郎であった。

戊辰戦争も終わり、逃げ出した江戸の町民も多くが戻っており、すでに活気を取り戻した江戸は、天皇の東遷とともに「東京」と呼ぶようになっていた。しかし、まだまだ「江戸」と言ったほうが座りが良いのか、町民も、そして秀三郎や助三郎もどうしても「江戸」と呼んでしまう。

二人は、まず、庄内藩が庄内戦争で降伏した時の引見を行った黒田清隆の自邸に向かった。黒田邸では、五稜郭の戦いの合間、黒田清隆自身が二人を迎えた。その日は、まるで旧知の友人であるかのように飲み明かしたのである。

「先代様」

本間助三郎は、翌日昼に前藩主酒井忠篤のところに赴いた。酒井忠篤はまだ若く十八であった。しかし、庄内藩の降伏と同時に謹慎処分となった。忠篤は、新発田城にあった北陸鎮守軍に武器を携えて降伏願書を携えて伺い、そのまま東京の酒井家の菩提寺である東京の芝にある清光寺に謹慎していた。公式には隠居し、弟の忠宝（ただみち）が家督を相続し十七代藩主になっていたのである。

「助三郎か」

清光寺の縁側に座り、ゆっくりとお茶を飲んでいた忠篤は、庭から入ってきた助三郎を見ると、わざわざ奥に入って自ら座布団を持って自分の隣に置いた。

「先代様、失礼いたします」

助三郎は、もちろん忠篤の座布団は目に入っているが、身分のこともあり、そのまま庭石を外し土の上に膝をついた。

「助三郎、私はもう藩主でもなんでもない。身分は一緒だ。こちらにいらっしゃい」

「先代様、それは恐れ多く」

首を振りながらその場で頭を下げる助三郎。

「何を言っている。私がせっかく持ってきた座布団が冷えてしまう。そんなところでは話にならぬ。早くこちらへ」

忠篤は、少し命令口調の厳しい言葉をかけた。

「はっ」

助三郎は、やっと面を上げると、それでも遠慮しながら座布団の前に来た。しかし、そのまま座布団に座ってよいのか、逡巡していると、忠篤が助三郎の袖を引いて無理矢理に座らせたのである。助三郎は、そのような忠篤の行為が信じられないという目で見ながら、その場に座った。

「この方が話しやすいだろう」

忠篤は、何事もなかったように座布団に座ると、また自ら湯呑みに急須からお茶を入れて助三郎に勧めた。

「と、殿……」

助三郎には信じられなかった。数か月前まで十三万石の雄藩の藩主である忠篤である。過去に自らお茶を入れて、配下の者に勧めるというようなことがあったであろうか。家老や中老に対してならば、まだあったかもしれない。しかし、助三郎は下級武士である。

「助三郎、この江戸から庄内に戻った時は、助三郎の朋友石原主水がおった。彼を失ったのは庄内にとって痛い」

「は、はい」

　鳥羽伏見の戦いがあって、各藩江戸から引き揚げることになった。江戸市中見廻役となった庄内藩も例外ではなかった。その時に女性や子供を先に、主力を中盤に、そして最後に藩主忠篤が戻った、その時の随行は少しの者だけが入った。当時の中老石原倉右衛門の親戚にあたり、助三郎の無二の親友である石原主水がその少ない随行に選ばれた。主水は、そののち、越後で中老石原倉右衛門とともに敵弾に斃(たお)れている。

　助三郎は主水の話が出ると、自然と涙があふれ、頬を伝った。

「主水を守れなかった。やはり、私は謹慎しなければならないのだ。こうやって清光寺で毎日、今回の戦で亡くなった者のために信心している。そんな浮世離れした私に、身分の上下も先代も何もない。助三郎、しかと心得よ」

「はい」

「ところで、今回は何用で来なさったのか」

「菅秀三郎様からの伝言を預かってまいりました」

なるほど。そう言うと、忠篤は助三郎が出した文を広げてみた。

「黒田殿は息災か」

忠篤は、助三郎の持った文を懐にしまうとそのように聞いた。

「黒田殿は、たいそう酒に酔っておられました」

「こらこら、そんなことを聞いているのではない。何か申しておらなんだか、と聞いておるのだが」

「庄内の処分は、すべて西郷の指示で行ったたと。そして、同じ育ち方をして、同じ動きをして、同じように学んで、どうしてここまで器も人物も違うのか、と言って酔って泣いておられました」

はっはっはっ、と忠篤は声を上げて笑った。そして、すっかり冷めてしまったお茶をゆっくり飲み干すと、室内の火鉢から新しいお湯を急須に注いだ。

「助三郎、寒くはないか。中に入ろう」

「先代様と同じ……」

「わからんことを言うもんでない。私はただ亡くなった方を弔っている謹慎中の罪人。もう侍でもない。本来身分ならば助三郎の方が上だ。身分の上の者を風邪でも引かせたら今度は打ち首になってしまう。さあさあ、遠慮せず入りなさい」

「では」

　助三郎は、刀を腰からはずし、その縁側に置いた。高貴な人の前に刀を持って入ること自体が許されることではなかった。しかし、その姿を見た忠篤は、その刀を持って中に入った。

「さてさて、助三郎。先ほど黒田殿が申した言葉はまことか」

「はい。襖一つ隔てて伺っておりました。黒田様の間では、菅様と黒田さまが二人で、薩摩の酒という妙なにおいのする酒を飲んでおり、二人で飲み比べをしておりました」

「なるほど、秀三郎は、ああ見えてなかなか酒が強いから、黒田殿も手こずったであろう」

　忠篤は、お茶を入れながら言った。東京と言えども正月はさすがに冷え込んでおり、温かいお茶は指先にしみた。

「はい、襖を隔てていましたので、中の様子は全く見えませんでしたが、それでも、かなりお飲みになっていたようで、最後は黒田殿は泣き出しておられました」

「ほう、泣き出したと」

「はい、菅殿のようなご大身にはわかるまい、薩摩の田舎者の下級侍の愚痴です。酒の上での愚痴です。と言いながらたいそうお飲みになっておられた様子です」

助三郎は、しっかりとした受け答えではあったが、報告している内容が酒飲み話だけに、どうも調子が狂ったような報告になってしまっていた。

「それで」

「はい、『かなわないなどというのではない。そもそも吉之助どんと競う気がしない。師範に子供が遊ばれているような、そんな情けない気持ちになるんでごわす。わかりますか。ほかの薩摩の者も、また長州の人々も全く同じ。帝も一目置いている下級侍など、吉之助しか居申さん。あの大久保だって、吉之助どんが口を開けば黙ってしまう。それくらいじゃ』などと大声で申して泣いておられました」

「で、秀三郎はどうした」

助三郎は、ここで、やっと忠篤が何を聞きたがっていたかが分かった。庄内藩は、勝者であり庇護者である薩摩の人に失礼のない受け答えをしたのか、そして、長州はどう考えているのか。そして、その内容を操っているのは誰なのか、それを黒田と菅の会話で知ろうとしていたのである。

「はい。失礼いたしました。菅殿は『西郷様はそんなに大人物ですか』と西郷殿を持ち上げながらも『天下の名軍師の黒田先生にそのように言われましては、ますます、一目お会いしたく存じます』と言って、『ぜひお口添えください』と申しておりました」

「それでよし」

忠篤は、思わず握り拳で自分の膝を打った。今でいうガッツポーズである。その姿を見て、助三郎は、やっと、自分の方から力が抜けて行くのがわかった。よほど緊張していたのか、首の周りが痛みを感じるほどである。

「それで黒田殿はなんと申された」

「はい、私が口添えなどしなくても西郷殿は薩摩に行けば会ってくれますと言いながらも、うれしそうに、西郷殿に伝えておくと申しておりました」

「その後は」

「その後はお二人とも日の本の国の今後の話と、そして、戦争のこと、そのほか酒飲み話をされておられ、深夜になって私が菅殿を役宅まで御送り申しました」

「ところで、薩摩の酒はうまかったかな」

忠篤はニヤリと笑いながら助三郎に聞いた。

「それが、黒田殿が酒の勝負と言われたときに、菅様が酔った時にお送り申し上げなければならないので、次の間で酒も飲まずに待っておりました」

「ほう。酒席にいて酒を飲まなかったか」

忠篤は意外そうな目で助三郎を見た。

「はい。それとなんだか薩摩の酒は嫌なにおいがしますので」

助三郎は、少し照れたような感じで言った。

「なるほど。ここは寺だから酒はないから、昨日の分を飲ませるわけにもいかんなあ」

「先代様、そんないじわるは言わないでください」

「それは申し訳ない。それで秀三郎は今日は何をしておる」

忠篤は、酒の代わりにお盆の上にあるまんじゅうを勧めた。助三郎は、まんじゅうに目を向けることなく、実は年が近い先代の藩主との話に夢中になっていた。忠篤も、いつの間にか、幼馴染と共通の知り合いのおじさんの話をしているかのごとき、そんな楽しい時間が過ぎて行く、心地よさを感じていた。

「秀三郎さまは、本日は、新徴組の沖田林太郎殿の家に御挨拶に行かれるとかで、本日は沖田殿を随行していらっしゃいます」

「沖田林太郎。私は新徴組だから会ったことはあると思うがおぼえていないなあ。刀の名人で、亡くなった弟の沖田総司殿も京都の新撰組の主力であったとか」

「はい、菅様も、私も、信州で襲われたときに、沖田殿には助けられました」

助三郎と秀三郎は、戊辰戦争の前に庄内藩の正当性を訴えるために、京都の御所に向かったが、その途中で官軍の兵に囲まれた。その時にちょうど駆けつけてきた沖田林太郎に助けられたのである。

「秀三郎殿は、まずは麻布に沖田総司殿の墓参りに行き、そののちに八王子まで出向くとのことでございました」

「それは良いことをした。それならば、助三郎は本日は暇じゃな」

「はい」

「ずっと寺にいて、話し相手もいなかったところだ。少し話をしてゆかぬか。江戸の名物でも食べながら、ゆっくり話をしよう」

「恐れ多いことでございます」

その時、忠篤の懐から、先ほど助三郎が渡した菅秀三郎の手紙がスルッと落ちた。そこには、菅秀三郎らしい、しっかりとした、でも非常に流麗な字で「英傑也西郷隆盛　語望肝胆相照国」とあった。

「助三郎、意味が分かるか」

「はい。私も致道館で少し学んでおります」

「まさに、英傑、英傑を知る、このことだな。私も西郷殿に会ってみたい」

忠篤は、庄内藩でも指折りの風流人で知識人の菅がここまで言う人物に、興味があった。そして、黒田清隆が大きすぎる器という言い方をする人物に会ってみたかった。忠篤は、すでに藩主というプライドも何もなく、一人の人間として西郷という人物に魅かれていたのである。

4　時代の流れと身分

菅秀三郎は、庄内に戻ってすぐに薩摩に使者を送った。庄内藩は、戊辰戦争の時に主に秋田久保田城に陣を張った長州藩と戦い、連戦連勝であったが、越後の長岡藩が敗戦したのち、越後からの薩摩の軍と一進一退の攻防を続け、その中で降伏を決意した。当然に、薩摩は「仇敵」であったが、しかし、庄内藩の多くの人は士分も農民もかかわりなく、薩摩を恨むものはなかった。

降伏の引見に来た薩摩の黒田清隆が、藩主酒井忠篤を立てた対応を行い、またその処分も非常に寛大で、戦前と全く変わらない生活が続いていたからである。

噂では、会津も長岡も二本松も、いずれも北方の地や蝦夷地に転封になっているのだ。これに対して、降伏したにもかかわらず本領安堵というのは、庄内の人々も皆その処分を下した薩摩に感謝をしていたのである。

明治三年八月、庄内藩は二人の使者を西郷に感謝の意を表するために向かわせた。

その前年である明治二年九月二十三日、明治政府は正式に先代藩主の酒井忠篤の謹慎を解き、庄内へ戻ることを許したからである。庄内に戻った酒井忠篤は、藩主になっている弟忠宝(ただみち)の邪魔にならないように、自らは街中に住んだ。

「先代様、お久しゅうございます。無事のご帰国おめでとうございます」

狭い家、というよりは裏長屋といったほうが良い家に、家老松平権十郎と中老菅秀三郎が挨拶に来た。

「挨拶など必要はありません」

忠篤は二人に向かってきっぱりと言った。その後外に向かって手招きをした。秀三郎の随行に本間助三郎がいた事を見たのである。

「助三郎。その方も来ておったか」

「はい、先代様」

明治二年以来、何度か江戸の清光寺を訪れている本間助三郎は、すっかり忠篤の「友達」であった。権十郎はじめ多くの者が膝をついて挨拶をしてるのに、助三郎は軽く立礼でしかない。

「助三郎、失礼であろう」

権十郎は振り返って怒った。しかし、「それでよいのじゃ。私がそれを望んでおる。その方らも足を崩して楽にしてほしい」

忠篤は、率先して足を崩すと、お茶を自ら入れて、三人に出した。

「殿が自らお茶を点てるなど、ああ、何と嘆かわしい。誰か……」

「だからよいと申しておるのじゃ」

「はい、しかしそれでは……」

忠篤と権十郎のやり取りを、忠篤と一緒のタイミングで足を崩した秀三郎は笑って見ていた。すでに、忠篤の気持ちはよくわかっていた。

「権十郎殿、良いではありませぬか。先代殿の御意に従いましょう」

「秀三郎がそう言うなら……」

「秀三郎は、何度か江戸表に出かけているから、少しは私の気持ちがわかるようですね」

忠篤は得意げに言った。

「先代様。先代様がおっしゃられるから従っているだけで、納得しているわけではございませぬぞ」

秀三郎は、少し叱る口調で言った後笑い出した。

「いずれにせよ、無事の御帰還、改めましておめでとうございます」

権十郎は、それでもしっかりと頭を下げた。この堅物の家老には、どうしても「藩主」と「家臣」という上下関係を少しでもたがえることはできないらしい。

「ところで……」

忠篤は、二人に自分の入れたお茶を出し、そして自ら立って茶棚から菓子盆を出して勧めた。権十郎は、恐縮して改めて畳に頭がつくくらい礼をしたまま固まってしまった。秀三郎は、権十郎まで固くはならなかったが、それでもかなり恐縮し、座ったまま居住まいを正し、会釈をする。しかし、いつの間にか二人の隣に座った助三郎は、すっと菓子盆に手を伸ばすが、さすがに、秀三郎がその手をたたいた。思いのほかパチンと良い音が響き、忠篤が話を区切ってしまった。

「秀三郎、良いではないか。助三郎は食べたいと言っておるし、食べると思って出してるのじゃ。もう私は藩主でもなければ大名でもない。やっと謹慎の処分が解けた、一介の町人でしかない。本来、こうやって上座に座るのもいかがかと思うが、一応ここは粗末とはいえ私の屋敷であるから、家の主として上座に座らせていただいておる。逆に、お茶を出したりお菓子を出したり、そんなことで恐縮されては、私が話したいことも話ができない。江戸に行って薩摩や長州の人々と話をした。彼らは下級武士同士、そして、多くが幼馴染や私塾で机を並べた仲間だ。上下の隔たりもなければ、場合によっては殴り合いのけんかもする。そのような中でお互いに一つの目標に向かって、上も下も右も左もなく、本音で話をしているから、お互いに分かり合い、そして一つになれる。喧嘩をするから仲良くなれる。権十郎のように頭を下げていては、話もろくにできない」

忠篤は、それまでの話を区切っていきなり真剣に話し始めた。それまでの、思い出話や江戸の出来事の話で、少し面白おかしく町人の落とし噺のような話口調が変わったのだ。権十郎は面を上げ、秀三郎も助三郎も、その口調に押される感じで、居住まいを正すこともせずに、手をたたかれたままの状態で固まってしまった。

「庄内が強かったのは、農民も町民も武士もなにもなく、致道館に集い、そして庄内のために、そしてこの日本国のために団結した。そこには身分も何もないから、まとまることができた。しかし、最後は、鶴岡の城の中で、権十郎のように上下関係ばかりを気にして本音の話をする機会がなくなってしまったから、上の上まで下級武士の本音でぶつかる新政府軍に負けたのではないか。私はそう思っている。言いたいことが言えない、本音で語れないのでは、最後に負けてしまう。もちろん、礼や義は必要である。しかし、礼を重視しすぎて、中身がなくなってしまっては、最後の部分で力が出せない。私は、江戸で謹慎中にそのようなことを学んだ。結局、学びが少ないものが藩主をしていたから、領民を苦しめる結果になったのだ」

忠篤は、そこまで言うと、権十郎、秀三郎、助三郎の順に一人ずつ顔を見、そして少し冷めた自分のお茶を一気に飲むと、菓子盆から最中をとって、出したまま固まっている助三郎の手に掴ませた。

助三郎は、最中の感触が手に触れると、忠篤に心から嬉しそうな笑顔を見せ、その最中を受け取って、さっそく包み紙を開いた。

「菅様、こ、これおいしいですよ」

助三郎の屈託のない、素っ頓狂な言葉は、固まった場を、春の陽のように温めた。権十郎も秀三郎も、さすがに先の庄内戦争に関しての敗因となれば、固くなる。しかし、固くなったところで、助三郎のような人物に助けられるのである。

「そりゃおいしいよ。江戸の中でも指折りの最中だ。なかなか手に入らんぞ」

忠篤は、最中を三つとると、まだ硬さの残っている秀三郎と権十郎の順に最中を軽く投げ、そして自分も一つ最中を口に運んだ。

「頂戴いたします」

やはり堅物の権十郎は、それでも膝の上にちょうど乗った最中をお茶の隣におくと、しっかりと頭を下げて改めて手に取った。

「負けた話はよい。ところで、お二人は、私はこれから何をしたらよいと思われるか。今申したように、本音の部分でお話を伺いたい」

「それでは、恐れ多くも……」

「恐れ多くなくてよいから、本音で話をしてほしい」

忠篤は少しいらいらしながら言葉をさえぎった。今話したばかりのことがまだわかっていないのか、という口調である。

「はい、失礼いたしました」

秀三郎は、軽く会釈をすると話をつづけた。

「私が江戸に出かけまして、思いましたのは、先代様のおっしゃるように、庄内藩は負けて、なおかつ将来のある領民を苦しめました。これは藩主であった先代様お一人ではなく、我々すべての問題であったと深く反省するところです。しかし、薩摩藩の人々の寛大なる配慮によって、現状のように今も戦の前と同じように、不自由なく暮らすことができ、また先代様も謹慎が解けてこのように御帰還遊ばされました」

「そうだ」

秀三郎の言葉に忠篤は深くうなづいた。

「これは、全て薩摩の西郷吉之助先生によるものであると、黒田了介（清隆）殿も、また、大山格之助殿も申されていたことでございます。しかし、今に至っても、西郷殿にお礼を申し上げるどころか、面会もかなわない状態であり、いまだに西郷先生のお話しをうかがっておりません」

「そのとおりである」

「できうれば、先代様と忠宝様で、ご訪問いただきたいところ、いまだ謹慎が解けたばかりで身の周りが不自由なお二人に薩摩まで長旅も難しいですし、また、そのような大旅行を行う許可もおりますまい」

「では、いかがいたす」

「はっ、そこで、まず使者を遣わせまして、薩摩に伺い、先代様には西郷先生に手紙をしたためていただければありがたいかと存じます」

秀三郎は会釈をしたが、この時はさすがに忠篤は何も言わない。忠篤は、途中から腕を組んだまま動かない。

「ふむ」

忠篤は、腕を組んで考えはじめた。

「先代様」

権十郎は、忠篤が意に添わなかったのかと思い、声をかけた。

「いや、秀三郎の申すこと、全てもっともである。しかし、……」

「いかがでしょうか。もしかして文面に問題が」

「いや、そんなことではない。本来であれば、書面などではなく、処罰を受けても私がお礼に行かなければならない。何とか手を尽くして薩摩に行くことはできぬか」

「殿」

権十郎が話しかけた。

「この権十郎が許可をいただけるよう手を尽くしまする。その代り、時間がかかってしまうとかえって失礼になりますので、それまでの期間ということで、書面をしたためていただくのはいかがでしょうか」

「わかった」

忠篤は、立ち上がると、文机をもって来て、その場で手紙をしたためた。その筆はさすがに流麗達筆で、また、秀三郎から見て文面もこれ以上ないものであるといえた。

「そしてこれを頼む」

文をまとめ、封をしたのち、自分の腰にさした脇差をそのまま引き抜いて、文と合わせて権十郎に手渡した。

「こ、これは」

「西郷先生への心ばかりの品じゃ。私が今までしていたもので、かえって失礼かもしれんが、先祖から伝わるもので悪いものでもあるまい。謹慎とはいえ、お礼が遅れた詫びの品である。先祖伝来のものを贈ることによって、先祖からすべてが西郷先生を慕っていることとの意をお汲み取りいただきたい。そのように考えて失礼を顧みずこの脇差を贈ろうと思う」

「ははっ」

さすがに感服した権十郎と秀三郎は、頭を下げた。

「それに、これからは刀の時代ではなくなる。南蛮人と対等になるには刀を捨てなければなるまい。魂は胸の中にしまって、形で表したこういうものは、気持ちを汲んでくれる大人物にお預けするのが良かろう」

「刀を捨てる時代」

助三郎はつぶやいた。しかし、秀三郎は目を潤ませながら笑顔を作った。

「お気持ち、しかと伝えまする」

明治三年八月には、長沢・犬塚の両藩士を薩摩に遣わせた。両氏が薩摩についたときに西郷はいなかった。両氏は大山格之助の立会いの下、島津久光の世継越之助に面会し、忠篤の親書を手渡した。

「親書を渡したのでご用事はすまれましたかな」

大山格之助は、二人を早く帰すがごとく、そのようなことを言った。しかし、長沢・犬塚両氏は

「西郷先生に面会するまで、庄内には帰れません。野宿でも構いませぬゆえ、もう少し薩摩の地にいさせてはもらえませぬか」

と言った。

「庄内は、強うござった。この大山格之助、佐竹と一緒に新庄・大曲で徹底的にたたかれ、本来ならば庄内の地で骸になってござった。それがこのように、庄内の方が薩摩にいらしてゆっくりお話できる機会が来るとは、思いもせなんだ。吉之助さぁ待たれるならば、そ

の間、薩摩のごっそに庄内の強かこと聞かせていただきとうごわす」

　大山格之助の配慮により、庄内の両氏は篠原国幹・村田新八・種田政明の家を泊地として、毎晩多くの薩摩藩士に庄内の戦争の話をした。

「薩摩の皆さんは、庄内を敵と思うとりはせんだろうか」

　長沢惟和が尋ねた。

「我々が、失礼なことをして、負けた国さ無礼なことしおったと、二人庄内に帰れんかもしれん。菅様のお話では、薩摩の酒は強いと。酒の上での失礼もあるし。わしがしっかり何を話したか書いておくから、安心してけれ」

　同行の犬塚盛巍は、そのような会話から薩摩までの道中をすべて手記にしたためていた。しかし、そのような心配は全くの取り越し苦労で、大山格之助も、篠原も村田も種田も、庄内の二人を古い親友のように接待した。

「いや庄内は強かことでした。あんなに素晴らしか藩をつぶしてはならんと」

「実は、降伏の直前、薩摩藩の兵が五千も北陸道を北上しておったでごわす。でも、新庄の戦いなど聞いておったが、とてもとても、戦いたくはなかったですばい」

「勝ち負けは時の運。こうやって一緒に酒が飲めるのが嬉しゅうて嬉しゅうて」

最後は泣き出すものまでいたほどである。

八月十三日にやっと薩摩に帰国した西郷に、帰国の二日後である十五日両氏が面会した。

「西郷さんは、怖い人ですか」

長沢は、篠原に尋ねた。しかし、篠原は西郷の自宅のある武村に出かける庄内の二人のその顔を見て、いきなり笑い出し、そのまま長沢の背中を力いっぱい叩いた。

「行ってきます」

叩かれた長沢も、笑って頭を下げた。

「私のごときに、ご丁重なる書面をいただき、また御指領の刀まで頂戴し、まことにありがたき幸せにございます」

庄内藩の藩士が初めて会った西郷隆盛は、筒袖に襦袢という全く飾らない大入道が、口数少なくまた、配下の者が目上の者に接するような礼儀をもって接する人物であった。しかし、その中には全く隙がない、そして、大事なことになるとすべて、根本の部分から話をしてくる、そのような大人物であった。

「長沢様、犬塚様に申し上げます。私のような田舎者で物事が見えない者にも、庄内藩のこれからのご発展、ご隆盛は手に取るようにわかります。しかし、お二人の藩士の方に接し、そのようなものではなく、この日の本の国の魁となり世界に視点を移していただきとうございます。そのように酒井左衛門尉（忠篤）様にお伝えくだされ」

長々と面会した長沢と犬塚は、質素で、飾らない人物から繰り出される一つ一つの玉のような言葉をかみしめ、翌日庄内への帰途についたのである。

時代の流れと身分

第二章

1　薩摩遊学

松平権十郎は、長沢、犬塚の両氏を薩摩に遣わせながら、片方で、忠篤の薩摩旅行の許可のために奔走した。明治政府は、これを許可し、長沢・犬塚のあと明治三年十一月に忠篤の薩摩遊学を認めるに至った。もちろん、西郷の意向が働いたことは言うまでもない。

「小作、お前も行くのか」

助三郎は、旅支度をしている幼馴染の服部小作に声をかけた。

「おお、私のように丁卯（ていぼう）の大獄で一族に不名誉がある者は、このようにして功を立てねばならん。助三郎は行かないのか」

「私は、死んだ主水の構想の通り、武士が生活できるように、開墾をしたり新たな商売をできるように、庄内を変えてゆく仕事をしようと思う」

「なるほど、私はやはり軍功じゃ。そのうち助三郎のことを守ってやるから」

「なんだと」

助三郎は軽く小作をたたいた。

「何をふざけておる」

通りかかったのは菅秀三郎であった。

「その方は、たしか」

「服部小作です。戦の時には二番大隊に所属し、新徴組をお預かりしておりました」

「そうだったな。酒井玄蕃殿の配下であったかの」

「はい」

「で、小作。その方その出で立ちはいかがいたした」

「はい、先代様の薩摩御遊学に随行のお許しをいただきまして、その旅支度をしております」

その言葉を聞いて秀三郎の表情は変わった。

「この無礼者」

「はぁ」

驚いたのは横にいた助三郎である。そもそも秀三郎が怒ったところなどは見たことがない。そのうえ、先代忠篤公の随伴が許されて旅支度をしているだけで「無礼者」と怒られるようなことは何もないのである。

「菅様、いかがいたしましたでしょうか。何か御無礼でも」

「今、助三郎も小作もふざけあったではないか。一昨年の先代様の御謝罪は、庄内として辱を天下に晒したものである。庄内に残る者はみな、その辱を雪がんために血眼にならなければならないのに、すでに皆忘れてしまったかのような顔をして平穏な暮らしをしておる。そのような無神経者が、花見遊山で、国辱の何であるかも知らぬ顔で、忠篤公の恥を上塗りするとは何ということか。そのような心構えで鹿児島に行って何になる。先代様から、なぜこのような恥知らずを鹿児島に一緒によこしたのかと言われたら、私は腹を切って詫びても間に合わん。先代様だけでなく、庄内の民すべてに申し訳が立たん」

「は、はい」

小作は落ち込んだ表情で、そのまま膝をついた。そして絞り出すように秀三郎に尋ねた。

「では、国辱を雪がんために、私が行うことは何でしょうか」

「よう聞いてくれた。先代様の御憤発は驚き入ったものだ。大名家の名声も気質も何もかもかなぐり捨てて、そう、小作と同じ立場で御修行なされる所存だ。そのために、今回は、ともに兵制を学ぶ者はいても、お近くでお世話をする随行を断られておる。そのうえで国辱を雪ぐとは、何も薩摩や長州に反抗することでもなんでもない。ましてや、帝の世を覆し、徳川公を立てて幕府を再興するというのでもない。一同が力を合わせ、志をたて、この日の本の国のために身命を賭して、あっぱれ庄内が武士の手本、天下の模範となるときこそ、はじめて天下の国辱を雪いだというものである。私はそう思う」

「はい」

少々涙もろい小作は、すでに泣いていた。

「そのため、鹿児島にいるときはもちろんのこと、その道中も、そして、庄内に戻ったのちも、君父の仇を持ったのと同じように、寝ても覚めても、ちょっとの時間であってもその心を離れることの無いよう。そして、そのような覚悟を決めたならば、わからぬことは人に聞き、問い、そして実行しなければならない。それくらい努力をしなければ志は達成されないし、また、志がなければ、人間は学ばぬから成長しないものだ。今回小作は、少なくとも忠篤公に負けぬ志と、成長をしなければならぬ。そのために、ふざけている暇などはないのだ。助三郎も、小作の志を邪魔してはならぬ」

「はい」

秀三郎は、この訓辞をすべての薩摩遊学の士に行った。そのために、庄内藩は薩摩鹿児島で評判が良く、またその道中、一糸乱れぬ行進と周囲に迷惑をかけない態度は、どの国でも好感を持たれた。中には、重い荷物を持つ老人の荷物を持つ者や、町の中のけんかの仲裁に入る者などもいて、道中の困りごとなどもすべて引き受けていたのである。

鹿児島で歓待を受けた忠篤は、初日こそ歓待の宴を受けたが、以後は一切その誘いを断り、全て下級の兵と同じ生活を送った。食事の準備や破れた衣服の裁縫まですべて自ら行っていた。

そのような毎日を送る中、忠篤にとっては思いがけず、西郷隆盛本人から会いたいという申し出があった。西郷が鹿児島に出て来た時に合わせ、忠篤は西郷の待つ寺まで出かけた。たまたま忠篤の隣の部屋を割り当てられていた服部小作が同行を命じられた。

「友あり遠方より来る、また嬉しからずや、と申しますが、本当にそう思います。忠篤様は、自ら炊事洗濯をしておられると聞きますが」

西郷は、忠篤を上座に座らせ、上下の礼を取ったのちにそのように言った。忠篤の隣には、新政府の軍装である真っ黒の服の小作が窮屈そうに座っていた。

「西郷先生に友と言っていただいて恐れ入ります」

やはり、近代軍装で、自分で繕ったのか、袖口など所々に赤や白の糸で不器用に穴を塞いである服の忠篤は、面前の大男に頭を下げた。

「お隣の方、ずいぶん窮屈そうに座っておられます。私の身体もこの様に肥えてしまってきちんと座るのは苦手でごわす。酒井様のお許しが出れば、二人とも足を崩してゆっくりと座りたいのですが」

西郷は、小作の方に向かって少し微笑むと、改めて忠篤の方に頭を下げた。

「それは気が付きませんで申し訳ない。では私も足を崩して座ります」

忠篤は一度立ち上がると、筒ズボンのひざのところを軽く持ち上げて胡坐をかいた。その時に、すっと座布団を横によける仕草を見て、小作もあわてて座布団を外した。その二人の姿を見て、西郷はやはり笑ってしまうのである。

「いやいや、失礼。しかし、いい御家来ですね。この様な方が庄内藩を支えているので庄内藩は強うござった」

「西郷先生、私のような若輩者がお言葉を返すのは失礼かもしれませぬが、西郷先生はお間違いなので、申し上げてよろしいでしょうか」

「はい、何なりと」

西郷は驚いたような目で若者を見た。

「ここに座るは、服部小作と申すもので、先日までは確かに庄内藩の家来であったかもしれません。しかし、今は、鹿児島にて机を並べて学ぶ大事な友です。また、私も藩主でもなんでもありません。家来という言葉はお間違いなので、お直し願えませぬでしょうか」

忠篤は、しっかりとした言葉で西郷に言った。その言葉は、敗者の藩主でもなんでもなく、単純に友を思い義憤に駆られた若侍の姿であった。

「これは大変失礼いたしました。申し訳ない。では、先ほど私も友とさせていただきましたので、服部殿と私も友達ということでよろしいのでしょうか」

「もちろん、そのようにお願いいたします」

忠篤は躊躇なく頭を下げた。小作にしてみれば、つい数年前まで藩主様で顔を見ることもできなかった人物が「友」と表現し、なおかつ、西郷吉之助という英雄にまで「友達」と表現されてしまったのである。自分のことながら信じられない展開に、頭を下げるでもなく、その場で硬直してしまった。

「酒井様のそのようなお心は、誠に素晴らしい。島津の若殿にもぜひお見せしたいところです。服部殿、庄内は誠に素晴らしい人物がいらっしゃり、また、このような立派な志のお方と友達でいられることを頼もしく思いますね」

「は……、は……、はい」

小作は、感情も何もなくなった人形のようにその場で固まってしまった。それを見て西郷と忠篤は、二人で笑ったのである。自分が笑われながら、やっと心が氷解する小作は、一緒に引きつりながら笑うことが出来るようになったのである。

「ところで、そのお心の表れでしょうか、酒井様は自ら炊事も洗濯も裁縫もされているとか。鹿児島に来てご不便をおかけしたなどと言っては薩摩の恥になりまする。そのようなことは、薩摩にも娘御はたくさんいますから、ぜひお任せ下され」

このことを言われた忠篤は、自らの袖口の赤や白の糸を見て、少し顔を赤らめた。

「お心遣い誠にありがとうございます。大変不器用で、みすぼらしい姿でお目見えした事お詫び申し上げます」

忠篤は、赤い顔のまま頭を下げると、言葉を続けた。

「しかし、西郷先生の率いる薩摩の軍がなぜ強かったのか。それは、武士一人一人がすべて同じ志を持ち、それを率いる西郷先生をはじめとした大将も含めて、軍で苦労をともにすることができたからと思います。庄内は、私が最後まで大名暮らしを捨てられなかったために、弱かったのではないかと思います。軍を率いる者、その率いられる兵の一人一人の気持ちがわからねばならぬと。いや、それを知らぬ者が上に立てば、軍は必ず負ける。そのように教えられたような気がします。決して薩摩の皆様に恥はかかせませぬゆえ、このまま私自身に炊事や裁縫をやらせていただければありがたいです」

「さすがは忠篤様。ただ、それはわれらを買い被っておられる」

西郷は朴訥に笑った。

「忠篤様、われらは、酒井様や島津様のような大名のようになりたくてもなれなかっただけでごわす。のう、服部殿、そうは思いませぬか。いつかは殿様に近づく、そのような心で毎日頑張るのでごわすよ。いやはや、酒井様のお褒めの言葉、まさに、怪我の功名とはこのことでごわす」

西郷は、小作に気を使いながらそのように答えた。小作は、語ることを許されないかのように押し黙ったままであったが、西郷の言葉に感じるところがあったのか、深くうなずいていた。

「そんなことはございません。西郷先生、このように小作とも友達になり、小作のようなものと一緒に生活をしていると、小作の立場や心がわかります。戦に上も下もありませぬ。誰も、自分の国を思い自分の家を思い、そして自分の大事なものを守るために戦うのです。志は同じです。そのことは、このように一緒に苦労した人にしかわからない心があると、そのように感じました」

「そうですか。いやいや、心強い。もしも酒井様がそのようにおっしゃるならば、良いことを学びなさった。酒井様がそのお心を忘れなければ、きっと庄内は日本一の国になり申しましょう。服部殿、私は庄内にはなかなか行けませぬので、しっかりと庄内のことを頼み申します」

西郷は若き藩主にそのように言って、遠い将来の日本を見るように目を細めたのであった。

2　派閥と藩閥を超える為

「西郷は何をしておるのじゃ。庄内の処分だけわがまま言ったら、そのまま天下の政は何もせぬと申すのか」

三条実美(さねとみ)は、なかなからまく回らない新政府の幹部の前で不満をぶちまけた。思い切りたたいた机の上で、湯呑みが転がり、飲みかけのお茶が地図のように広がった。薩長の武士がいない三条の私邸である。数名の貴族がいたが、みな、三条がこのように激昂すると手が付けられないことをよく知っていた。

「そんなことを言っても仕方なかろう」

円卓のちょうど向かいに座っていた四條隆謌は、机の上に広がるお茶の地図を一瞥しながら、そのように言った。

「何が仕方がないのだ」

「では、三条さん、吉之助と何か約束でもしなさったか。すべてを吉之助に任せる、吉之助は東京に来てすべてやらなければならぬ、そのようなことは何も決めていないではないか。何も決めていないのに、文句を言うのは筋違いじゃ、そう申して居るのじゃ」

「ではどうしたらよい」

やっと落ち着いた三条は椅子に腰かけた。三条が座ったのを見計らって、召使はすぐに机の上を拭き、もう一人が新しいお茶を持ってきた。激昂している三条には近寄らない、それが三条の私邸での不文律のようなものであった。

「まずは、今いる者どもで政務を仕切るということじゃ」

隆謌は何もなかったかのように、シラッととぼけた。

「隆謌殿、今いるものを見て、それができないことはよくおわかりであろう」

「なぜじゃ、わからぬ」

「ウタ、いい加減にしろ、すべて言わせる気か」

三条は、そこにあったまだ湯気の立ったお茶をそのまま床にたたきつけた。

「ああ、言ってやるよ。まったく薩長の奴らは、帝を奉ることもなく、結局自分たちの主導権争いしかせぬではないか。何かといえば薩摩が、長州が、わけわからぬことを言いおって。帝も我らも、徳川の代わりにあのような下品な者どもを据えるために兵を起こしたのではないわ。それに、岩倉までそれに与しおって、我らに色々注文を付けおる。何かと言えば七卿落ちだの言いおって、政を進めれば、すぐに反対して何も決まらん。これではわが日本国はますます欧米列強に食い尽くされ、そのうち植民地になってしまうではないか。ウタ、その方もそれくらいわかっておろう」

「三条さん、立ったり座ったり忙しいのう。まあ、言わせてもらえるなら、そんな奴らしかおらんから、ばかばかしくて吉之助は薩摩に帰ったのではないか」

三条のお茶と一緒に持ってきた自分に出されたお茶を一啜りすると、四條隆謌は近くにある菓子盆の中のあられをつまんだ。料理をつかさどる四條家らしく、あられを口の中に含み、十分に湿り気を蓄えてから奥歯でかみつぶす食べ方で、音を立てずに味わっていた。

「そうかな」

三条は再度座った。

「私は、もう隠居の身で隆平に任せてあるから、派閥とか藩閥とかは関係ないが、そういうのが好きな輩は少なくない。しかし、そういう輩は、目の前の事しか見えず国全体や世界が見えていないのじゃ」

「そんなことはわかる。では、どうしたらよいのじゃ。そんな派閥藩閥ばかりを気にして

いるものでは、国が道を誤る」

「どうしたらよいかだと。そんなこと、決まっておろう。呼べばよいのじゃ」

四條隆謌は当然のことのように答えた。

「呼んで簡単に来てくれるくらいならば、初めから帰るまい。だいたい、西郷といい、隆謌といい、頼りになるものばかりが中央から去って隠居されては政府が回らんではないか」

「そのようにしたのは、サネさん、お主や岩倉さんがそうしたのではないか。少なくとも帝は全くあずかり知らぬことではないか」

「どういうことだ」

「今の藩閥の争いも何も、帝が望んでいることでもなんでもない。帝は日本国を何とかしようと思っていらっしゃるし、私も吉之助も同じ危機感で動いていた。それがどうだ。ふたを開けてみれば長州の薩摩の、結局、幕府の代わりに自分たちが権力を握りたかっただけではないか。そんなばかばかしい争いに付き合うくらいなら、世を捨てて風流に生きたほうが有意義というものじゃ」

「どうしてそんなことを言う」

三条は、隆謌の話を聞く体制になった。腕を組みそして少し足を広げて座る。このようになれば、三条は感情を収めて大概のことは聞くようになる。四條隆謌は、さすがに付き合いが長いだけあって、三条のその癖を熟知していた。

「吉之助が最後に東京にいたのはいつだったか覚えておろうが。庄内藩の話をしていた時じゃ。帝は、日本国全体のことを考え、そのために勝った者も負けた者もなく、志のある者を重要視するということを言っておった。にもかかわらず、示しがつかないとか、長州が納得しないとか、下らんことを言いおって」

「しかし、あれは、結局西郷の意見を取り入れたではないか」

三条が口をはさむ。

「その後磐城に国替えだと。それならば騙し討ちと同じではないか。そのようなことを決裁するお主が信じられん。西郷は、日本国のためを思い、そして三条、お主がそのようなことを決裁したところで、わしと同じ考えになって薩摩に引っ込んだのじゃ」

「な、なんと」

西郷がいなくなった真相を聞いて三条はたじろいだ。

「庄内藩は、酒井家と武士だけの領地に非ず。庄内の戦争を見てわかるように、豪商の本間家が無償で巨額な資金を出し、農民や町人が進んで槍や銃を持って抵抗した。その絆を引き裂けばどのようになるか、お主ならわかろうはずだ。ましてや、庄内は幕府時代もお国替えに、国が総出でそれを阻止し、義民が老中に掛け合うというような国柄じゃ。浪士隊の面々もそのまま居ついており、その結束は固い。その結束した力をどうして日本国のために活かそうとしない。その時点で、お主らが何を考えているかわからんのじゃ」

「うむ」

三条は、腕を組んだままうつむいてしまった。いくら、庄内藩の処分は岩倉や木戸が行ってきたものと言っても、四條隆謌が納得するはずがない。少なくとも、最終の決裁は太政大臣であった自分が行ったものなのである。また、ここでそんなことを言っても何の意味もない事は三条も良くわかっていた。そんなことよりも、藩閥をなくし、なおかつ、日本国を良くするためには、国民に幕府がなくなって良かったとさせるためには、何をしなければならないか。四條にこのように言われると、なおさら西郷と話をしたくなってくるから不思議である。

「隆謌。申し訳なかった。この通りだ。知恵を貸してくれ」

三条は突然立ち上がると、顔を真っ赤にして頭を下げた。

「どうした」

「西郷吉之助をどうやったら東京に連れて来られるか、知恵を貸してくれ」

「わかった。帝に、相談したいことがあるとだけ手紙を書いてもらってくれ。わしが薩摩に行ってくる」

「隆謌が行くのか」

「京都の墓も気になるし、鞆の浦の女もそのままになっておる。要職でもないわしが薩摩旅行も悪くなかろう。それに、誰かに何か聞かれたら、四條は美味い物めぐりと言って昔の女のところに行ったと言えばよい。わしならば誰もそれ以上詮索せぬ。それとも、ほかの人間が行って仕損じる可能性があったほうが良いと申すか」

　四條はそう言うと、大声で笑い、そのまま席を立った。時の太政大臣に向かってそのような無礼が許されるはずがないのであるが、隆謌と実美にとっては関係がなかった。

3　西郷出仕

明治四年正月。服部小作は、これから食事の準備をしようとしているところで、突然呼び出しを受けた。正装もままならないまま小作は駆けつけた。

「よう来なさった」

そこにいたのは、見間違えることはない大男、西郷隆盛であった。

「こ、これは失礼いたしました」

小作はすぐに、その場に風船がしぼむように正座をして小さくなった。

「小作殿、どうされたでごわすか。もう小作殿と拙者は友達ではござらぬか。もう一人の友達の酒井公ももう来なさっておりまする。今日は正月でごわすから、友達で飲もうと思い、こうやって酒を持って、学校の皆さんに無理を言って呼んでもらいました」

「は、ははぁ、恐れ入り奉ります」

小さく、というよりは丸くなったまま、小作は声を上げた。その声は心なしか震えていた。

「小作、そのような作法は友達には必要はない」

今日は下座に座る酒井忠篤は、笑いながら手招きした。入り口のふすまの近くに座っていたために、背中しか見えず、そこにいるのが忠篤とは思わなかった小作は、少し顔をあげて、忠篤の顔を見ると、より一層小さくなってしまった。

「よし」

西郷は、掛け声と共に立ち上がると、小さくなったままの小作の襟首を軽々と持ち上げた。ちょうど猫が首根っこをつかまれて何もできずに運ばれるように、小作はそのまま今まで西郷が座っていた上座の座布団の上に運ばれた。

「酒井様、いかがでござろうか。今日は小作殿に上座に座ってもらうというのは」

「それは正月から縁起が良い。三人で友達と言いながら、今まで小作が上座に座ったことはありませなんだ」

忠篤は、そう言うといきなり笑い出した。西郷も、地響きのような大きな笑い声をあげた。一人、泣き出しそうな顔をして困っているのは小作である。

「勘弁してください」

「服部殿、これから明治の世の中は、武士の世の中ではござらぬ。座る場所で物事が決まりはし申さん。正月であるし、そんなに固くならず、今日は三人の中で最も偉くなったつもりで、お飲みくださいい」

「それでは、私が酌をさせていただきましょう」

悪乗りした忠篤は、徳利を持つと、小作の手にお猪口を握らせた。

「酒井殿、最も偉い方はお猪口ではなく、小作殿だけこれでいかがか」

西郷は、朱塗りの盃を床の間から取り出すと、小作にそれを持たせた。

「いやいや、これは」

「良いではないか、さ、さあ」

小作は、西郷に盃をもらい、そして忠篤に酒を酌され、その酒を一気に飲み干した。

「どうでごわすか。友達で飲む酒は」

「いやいや、こんな緊張した酒は初めてでございます。全く味も何もわからず、そもそも飲んだことすらわからぬようで」

「それは困り申した。もう一杯いかがでござるか」

西郷も忠篤も一斉に笑い出した。しばらくそのように笑いながら他愛もない話をして酒を飲んでいたが、少し酒が進むと西郷がいきなり話をしはじめた。

「実は、しばしのお別れでございます」

「それは」

少し酔った忠篤が眉根をひそめた。

「東京に出仕いたしまする」

「おめでとうございまする」

最も上座に座り居心地を悪そうにしていた小作が両手をついて頭を下げた。

「上座に座る者はそんな頭の下げ方をしてはいけません」

西郷は笑った。

「どうして、今になって」

「とうとう帝から勅使がお越しになられました。何より、昨秋、四條隆謌卿がいらっしゃったので、何事かと思って居れば、とうとう、年末に大納言岩倉具視卿をはじめとして薩摩長州の仲間たちがたむろして私の田舎小屋にいらしたのでごわす」

「四條隆謌卿が」

「はい、酒井様には申し上げていませんでしたが、実は、庄内藩のことを決めるにあたって、この吉之助がすべてご相談していたのが、四條隆謌卿でした」

「四條様」小作がため息交じりに言った。

「はい、四條様が、庄内を見てきて決めよとおっしゃられ、この吉之助、僧侶の格好で数日間鶴岡の城下におりました」

「あっ、あの時の大入道」小作は思わず、無礼を顧みず西郷を指さしてしまった。その手を忠篤は「パシッ」と叩いた。小作は、少々酔っているのか、手を痛そうに振りながらひっこめる。

吉之助はそれを見て、熱いものがこみあげてきていた。西郷にしてみれば、数年前まで「殿様」と「小物」であった二人が、このように膝を並べて酒を飲むことのできる時代が来たことを実感した瞬間だった。もともと、西郷自身、小物であり、大名家である島津家とはいまだに一線を画している。島津公と対等になったわけではなく、四條様や三条様といった貴族の名代として島津公と直接話をしてきたに過ぎない。その意味では、中央を離れた西郷自身、今では島津公とは格段の差が出てしまっているのである。

しかし、身分の格差を作り出した幕府を守ろうとしていた庄内は、先進的であったはずの薩摩よりも、主従の垣根が無くなるのが早い。西郷は、「士農工商」いや、同じ武士でも身分の差がある世の中を終りにし、誰もが自分の力を十分に発揮できる世の中でなければ欧米列強に比肩できないと考えて維新に立ち上がった。その自分の理想の一つの完成形を庄内藩のこの二人に見た気がしたのである。

ああ、わしはこのために、彼らのために一つの大きな仕事を成し遂げた。こんな思いが吉之助の頭の中によぎった。そして、いまだに上下の垣根のある藩が多いこと、そのために自分がやらねばならないこと、それをやらなければならない、そんな使命感を感じた瞬間でもあった。「鹿児島で引っ込んでいてはいけなかったんだ」庄内の主従は、忘れかけていた大事なものを吉之助に気づかせたのである。

「小作、お前が指さすような無礼をして、そんな無礼者と友達になったと後悔しておられる。西郷先生の目に涙が浮かんでいるではないか」

「そ、それは、大変申し訳ございません」

「いやいや、そんなことではないのでごわす。小作さん、酒井様、違うんです。お二人を見ていると、先日までの主従が、古い友達のようになっている。これこそ、これからの日本の姿なんでごわす。おいは、庄内のお二人に、遠い未来の日本の国を見ることができ、本当にうれしくて泣いておりますす。泣くことを許してください」

「先生」

「いや、うれしくて涙が止まらんのでごわす。おいは、このような世の中にするために……。東京に行ってもうひと働きさせていただきます」

「そうですか。お別れはつらいですが、日本のために」

忠篤は、しばらく間をおいたあと盃を上げた。小作も、そして吉之助も、合わせて盃を上げげた。飲み干した酒は、三人とも少し塩っぽい味がしたのである。

4　お出迎えとお見送り

「中殿さま。お帰りなさいませ」

西郷が東京に出立して、忠篤は庄内に戻った。彼はもっと学ぶことがあったのだが、しかし、降伏した庄内藩の旧藩主であるということがそれを許さなかった。また、忠篤も、西郷がいなくなってから、薩摩遊学において少し物足りなさを感じていたことも確かであった。

「おう、戻った」

忠篤は、鶴岡の城下町の入口で、多くの侍が正装で集まっているのを、不快なものを見るような目で言った。

「殿、お疲れでございましょう。乗り物を用意しております」

松平権十郎は、恭しく大名駕籠の扉を開け、道端に土下座をした。周囲にいる侍たちも権十郎にあわせて膝をついた。

「ご苦労。でも、駕籠の必要はない」

忠篤は、地面に膝をついている権十郎の横をすり抜けて、そのまま路地に入ってしまった。

「と、殿」

権十郎はあわてて立って忠篤を追いかけた。権十郎がそのようにするので、ほかの侍も大名駕籠も、中間小物の類も、みなその権十郎の後を追いかけた。しかし、忠篤は全く振り向こうとはしない。少々腹を立ててしまったかのような忠篤は、そのまま屋敷の方に向かわず、城下町外れの、鹿児島に行く前に住んでいた長屋に向かった。

「殿、お屋敷にお戻りください」

権十郎は必死であった。しかし、忠篤は全く耳を貸さない。そのまま長屋の前につくと、助三郎と白井学監が拭き掃除の桶と雑巾を持って出てきたところであった。

「中殿さま、おかえりなさい。不要とは思いましたが、長きに留守でしたので、お掃除だけはさせていただきました」

「白井先生まで、ありがとうございます。本間助三郎といったな。ご苦労さま」

真っ黒の軍服の中に、所々白や赤の糸で繕われた、何とも痛々しい恰好ではあったが、しかし、そこにいるのは、まぎれもなく、そして鶴岡にいるときよりも一回りも二回りも大きな存在を感じさせる酒井忠篤であった。

「まずは、お茶でもいかがでございましょうか」

部屋の中に入ると、菅秀三郎がかまどに火をおこし、お湯を沸かしていた。

「秀三郎、そんなに気を使わずともよい」

忠篤は、そういいながらも、秀三郎が出したお茶をもらうと、服を脱いで、普段着の着流し姿になった。

「秀三郎殿、なぜ。中殿様はお屋敷でお迎えすると言っていたではないか」

ゼイゼイと、息を切らした権十郎が入ってきた。上がり框に手をつくと、やっとそう言って、その場に腰を下ろした。

「権十郎。まあ、そのままそこで休みなさい」

「中殿様、駕籠は前に待たせてあります」

「近所の迷惑じゃ。でもせっかくそのような籠があるのなら」

忠篤はニヤッと笑うと、立って玄関に出向いた。玄関の前には多くの侍が片膝をついて平伏していたが、その向こうには近所の野次馬が出ていた。そして、普段は路地で遊んでいた子供たちも、神妙な顔で見ていた。

「子供たち、大名駕籠というものに乗ってみたいであろう。今日は許されているから、みんなで乗りなさい」

と大声で言った。片膝をついた中間小物はあわてて静止したが、しかし、子供たちは「ワーッ」と歓声を上げげて駕籠に近寄った。何しろ見たことはあっても、触ったり乗ったり、内側がどうなっているかもわからない。子供たちは、恐れ多さよりも、興味の方が勝るのである。

「止めるでない。子供たちに見せて進ぜよ」

忠篤はそのように中間小物に命じると、再度室内に戻った。

「中殿様、な、なんということを」

「権十郎、お主、子供や長屋のみんなに駕籠を見せるために持ってきたのであろう」

忠篤は、やはりいたずらっ子のような笑顔を見せると、笑いながら秀三郎の入れたお茶を飲んだ。

「秀三郎、何とか言ってくれ」

権十郎は音を上げた。

「殿様、お戯れもほどほどに」

「秀三郎でもわからぬか」

「いえ、わかります。西郷先生から、階級などはいらないと、上下などはいらぬとそのように教えを受けましたね」

「わが意を得たり。そう思った」

「まだその意識に慣れていない、権十郎様のような方もいらっしゃいます。急速にされるのではなく、徐々に慣らしてゆくようになされませ」

「そうかもしれぬな。しかし、西郷先生は、大名も藩も武士もみんな無くして、その人の能力を活かせるようにすると、そうおっしゃっておられた。庄内は、最後の最後で、そこで負けた。日本を強くするために、欧米列強に負けないようにするためには、農民も町民も武士もない、みんなで国を盛り上げ、みんなで、産業を興し、みんなで国を守らなければならぬ。西郷先生も同じ考えであった」

「はい」

秀三郎は頭を下げた。

「西郷先生は、その理想を日本全体に広げるために、東京に出仕したのだ」

「では、そのような国になりますね」

「だから、私も殿でも大名でもなんでもない。普通の人になるのだ」

「かしこまりました」

秀三郎はそのまま頭を下げた。

「助三郎、中殿様がそのようにおっしゃっておられる。私と、助三郎も同じということになるな」

「菅様、しかし、致道館で教えていただいた忠孝や長幼の序、尊敬などの観念は変わりません。階級等がなくなっても、私は、今までどおりにさせていただきたく思います」

「なるほど、身分や藩がなくなっても、徳は残るか。そこも忘れてはならぬな。相手を敬う心、まさに、それがなくてはいけない。要するに、より一層勉学や人の道が重要になるということであるな」

忠篤は、西郷吉之助の言うことだけではなく、今まで庄内藩が行ってきた「人の道」の重要性を改めてかみしめたのである。

一方、東京では、明治四年二月二日に西郷が到着すると、すぐに、動いた。西郷は、三条や四條、岩倉を説得し、まずは日本から「殿と家来」をなくすということに着手した。このことには盟友である大久保利通も長州の木戸孝允も、そして土佐の板垣退助もすぐに賛同した。「しかし、今まで殿と思っていたものが殿でなくなるとなれば、それは抵抗するのではないか」という言葉に対して西郷は「それならば、私が軍を率いて承服させましょう」ということになった。その軍を作る。そのために薩摩・長州・土佐から軍を率いて天皇を守る「御親兵」を作ったのである。その後、まずは「日本国を把握する」ということで戸籍法を作り、また、新通貨条例を作って、今まで幕府の作った通貨を使っていた物を、全て新政府の通貨に変えていったのである。

「すべてを新しい世の中に合わせねばならない」これが「維新」であった。戸籍を作って人をすべて中央が把握し、また、通貨を新しくすることで、幕府の通貨もまた藩札もすべてを認めないようにした。これで準備が整った。七月十四日、明治天皇は各藩主（藩知事）を召して、その場で廃藩置県を宣言したのである。その周囲は、すべて西郷が用意した御親兵が固め、そして何かあればすぐに藩知事を攻め滅ぼす勢いであった。

このようにして、全てが「新しい世の中」に変わっていった。

「今まで、藩閥、派閥で争っていたのがうそのようだ。隆謌の言う通りであった」

三条実美は、そのように言った。横にいる四條隆謌は、金平糖を食べながらその話を聞いていた。

「それはよかったではないか」

「隆謌、なんだその言い方は。隆謌のいうとおりに西郷をすぐに使ったらうまくいった。だから礼を言っているのだ。それにもかかわらず、そんな不貞腐れて、どうしたのじゃ」

「逆じゃ、わしは、三条、あんたを心配して居る」

「どういうことじゃ」

隆謌は、奥歯で金平糖をガリガリッと音を立てて噛み砕いた。そもそも音を立てて噛み砕くこと自体がマナー違反である。料理を司る隆謌がマナー違反をするのは、何かを言いたいときのサインでもあった。

「わからんのか。これで失政の言い訳は全くできなくなったということじゃ」

「失政」

「そうじゃ、失政とまで言わなくても、御上への不満は全て天皇と三条さん、あんたに来る。そういうことじゃ」

「それはそうじゃが、しかし、武士はみな従ったではないか」

三条は、この日は怒り出さずに四條の話を聞いていた。

「不満を言うのがすべて武家や大名とは限らん。まずは国民すべてが新しい世の中になった。陛下が言ったように広く会議を興しとあるように、国民も皆政府にものを言うようになる。当然に、それらの声に呼応して、今まで派閥争いをしていた者たちが、みな不満を言うようになる」

「大久保や木戸か」

三条は、やっと気づいたのか苦虫を噛み潰したような表情に変わった。

「そうだ。あいつらはもともと派閥争いということが好きなやつらだ。岩倉だって、もともと陰謀とかが好きな性質(たち)じゃ。当然に、自分たちを差し置いて西郷が馬車馬のように頑張っている横で陰口を言いはじめ、すぐにまた派閥争いを始めおる。そんな派閥争いで政府が停滞してしまえば、それだけ、政府が弱くなり、そして、三条、太政大臣であるあんたが全ての責任を負わされる。それくらいの先も読めず、ただ喜んでいるあんたが不慣で不慣で」

四條は、三条の表情からすでにわかっていると思ったのか、最後の方は芝居がかった物言いになった。しかし、三条にとっては、それがかえって腹が立つしぐさになる。

「では、隆謌どうしたらよい」

「追い出せ」

吐き出すように言うと、隆謌はまた金平糖を数粒口の中に放り込んだ。

「えっ」

「この日本から追い出せばよい」

至極当然のことのように、隆謌は言い放った。

「簡単に、何を言う」

逆に何を言っているかわからない三条は、困惑する。

「三条、派閥争いが好きな輩が、喜んで日本から出てゆくようなことを考えよ」

「思いつかん。そもそも、今回の西郷だって、隆謌が教えてくれたから上手くいったのじゃ。すまん、教えてくれ」

三条は、貴族のプライドも太政大臣の立場もすべて捨てて、四條に頭を下げた。演技でも建前でもなく、四條のこの辺の読みにはかなわない。三条はそのことがよくわかっていた。

「この日本の最重要課題は、幕府が行った不平等条約の解消ではないか。その交渉に彼らを出せばよい」

「なるほど」

「明治天皇の名代じゃ。彼らとて喜ぶであろう。元々派閥争いが好きなものばかりだ。船の中で喧嘩をして戻ってくる。そのころには、日本は変わっている。そういうことじゃ」

四條はこともなげに言うと、再度バリバリと音を立てて金平糖をかみ砕いた。

「なるほど。その手があったか」

「その時は、わしも政府を去る」

「隆謌、何を言うのじゃ」

「政府にはあんたがおる。わしは軍に下って、軍を抑えるようにする。派閥が好きな奴らと一緒にわしは大阪の鎮守府に行くから、そのつもりでいてくれ。そうでなければ、派閥争いが好きな奴らが疑うようになる。あとは西郷がすべてやるであろう」

「ふむ」

三条は腕を組んで考え込んだ。

その数か月後、十一月十二日、岩倉具視を特命全権大使とし、薩摩の大久保、長州の木戸、伊藤などが岩倉使節団として横浜を出港していったのである。もちろん、彼らの中に、四條隆謌のような考えが裏にあると知る者は全くなく、特命全権大使になったということで、意気揚々と出て行ったことは言うまでもない。四條隆謌は、横浜で岩倉具視を見送ると、そのままその足で赴任地である大阪鎮守府に向かったのである。

5　日本国の大人物と愛国者の俊傑と

「命もいらず名もいらず、官位も金も要らぬものは、始末に困るものでごわす。この始末に困るようなものでなければ、共々に廟堂に立って天下の政をはかることはでき得ないものなのでごわす」

明治四年、庄内に帰国した酒井忠篤は、薩摩でのお礼を申し述べるために、すぐに使者を東京に向かわせた。使者にさまざまな者が選ばれたが、結局、「ぜひ一度お目にかかりたい」と申し出たことによって菅秀三郎が使者に選ばれた。秀三郎は「いつもの旅の友だから」と言って、本間助三郎を随行員としたのだ。本間助三郎は、本家の隠居本間光美に無理を言い、路銀といくつかの手土産をそろえてもらっていた。

そのようにして準備万端整えた菅秀三郎が西郷吉之助に会えたのは、ちょうど御親兵を連れて薩摩から東京に戻った頃であった。

「先生、それは私は。きっとできると思います」

秀三郎は、西郷の言葉に答えた。横で見ている助三郎には、決して敵対関係ではないそれでも、ピンと張りつめた緊張感が二人の間にあるのを見て取っていた。助三郎の背筋には、東京の暖かい春の日差しの中、冷汗がツーッとながれ、自然と手も湿ってきて、のどがからからに乾いていたことを自覚していた。

緊張をほぐすために、ふと横を見ると、赤沢源弥が一生懸命筆でふたりの会話の記録をとっていた。助けを求められない助三郎は、前を向くと、そこには西郷吉之助の弟西郷従道（じゅうどう）がしっかりと居住まいを正してこちらを凝視していた。

「そうでごわそう。そうでごわそう」

西郷吉之助はにっこり笑って、足を崩した。その笑顔は非常に人懐っこく愛くるしいものであった。

「西郷先生、これから、庄内はいかようにいたしたらよろしいでしょうか」

緊張したままの秀三郎は、そう言うと頭を下げた。やはり、家老であっただけのことはあり、その態度も質問もしっかりとしている。

「菅先生、黒田了介から庄内の話は聞いております。また、酒井忠篤様には無礼もありましたが、何度も語り合いました。庄内に関しては何も心配しており申しません。了介どんと話したように、殖産興業を興し、国を豊かにし、そして、酒井様のような考えで、民を大事にすれば、きっと何もせずに庄内はよくなり申しましょう」

「いえ、何か、足りぬことがあるのではないか、そのように考えております」

「おいどんが、菅先生に言えることは一つだけでごわす」

近くの湯呑みのお茶を手に取ると、グイと飲み干して、吉之助はつづけた。

「庄内と、言わぬことです」

「はっ、なんと」

「意外に思うかもしれません。しかし、あえて申し上げます。菅先生ほどの愛国の駿傑が、庄内だけにとらわれてはいけません。日本国全体を見て、そしてその模範となるように庄内をお導きください。殖産興業、軍、武士、時が変わる時にさまざまに変わり申します。庄内がうまくゆけば、戊申の役で官軍側の諸藩ができないはずがないし、できなければ恥になり申します。庄内だけでなく、庄内から日本国全体を見て、お話しいただきたい。愛国を、庄内への愛だけではなく、ぜひ日本国への愛国に変えていただきたく、西郷吉之助、この通りお願い申し上げます」

西郷吉之助は、窮屈そうに正座に直すと座布団を外して頭を下げた。心得たもので、弟の西郷従道も合わせて座布団を外すと両手をついて頭を下げたのである。

「西郷先生、申し訳ございません。この菅秀三郎、視野が狭く庄内しか見ておりませんでした。今後は、庄内だけを見ることなく、きっと日本国全体を心得て発言し、物事を考えまする。誠に申し訳ございません」

秀三郎はそのまま頭を下げて固まってしまった。助三郎は、なぜか自分の周囲が後頭部ばかりになってしまったのを見て、慌てて平伏したのだった。

「いや、頭をお上げください。菅先生。先生ほどの愛国の士を見たことがありません。なあ、従道、武士とは本来このような御仁のことを言うじゃ。たぶん、菅先生は、庄内のため、国のためとなれば命も惜しくないでしょう。本当に始末におえぬ御仁じゃ。いやいや、まいり申した。本日この時より、菅先生の弟子にさせていただきたい。お願い申す」

今度は、少し笑いながら西郷は頭を下げた。緊張の糸は少し緩んだ感じに見て取れた。

「何を申します。西郷先生。こちらこそ、先生の素晴らしさに感服し申した。それに、庄内藩の当主であった、尊敬する忠篤の殿さまのご友人とあらせられれば、私が弟子の末席に連ならせていただくのが忠孝の筋であり人の道と心得まする。ぜひ、西郷先生の弟子の末席にお加えいただき……」

秀三郎は平伏したまま、大声でそのようなことを言った。声が少しうるんでいたのは、助三郎の気のせいだったのか。顔は全く見せず、そのまま畳に向かって話しているかのごとき秀三郎の言葉を西郷従道が遮った。

「弟の私が言うのもおかしいのですが、それなら、友達でいいではござらぬか。兄者は、酒井様だけでなく、一緒におられた服部小作殿ともお友達の盃を交わしております」

「へっ」

どこから出ているのかわからない声を上げたのは、助三郎であった。助三郎は、幼馴染の服部小作の名前がでたので、さすがに驚いて、顔を上げてしまった。秀三郎は、その名を聞いてもまだ平伏したままである。後ろでは、何事もなかったように源弥が記録をつけていた。

「助三郎殿は、小作殿をご存知ですか」

「は、はい、幼馴染でございます」

「それはよかった。助三郎殿、まさか、兄者の弟子になるということで、その友達が服部殿となると、菅先生の言う人の道に外れるのではありませぬか」

西郷従道はいつの間にか東京言葉をすっかりと話していた。やはり、明治元年から東京にいて、軍の関係をしていただけはあり、吉之助に比べて訛りははるかに少なかった。

「は、はい」

「ということでごわす。本日この時より、菅先生、吉之助と立場も年齢も何も全て超えて、友達ということで」

「そ、それは恐縮でございます」

「しかし、お互いが尊敬し、お互いが相手を認め、お互いが、同じ愛国の考えを持っている。これ以上お互いをわかり合える友達などいるはずもあり申さん。これから東京で、日本の大仕事をするにあたって、私の考えを、この広い日本で、全てわかってくれる人がいる。そのように、吉之助に思わせてくれる人がいる。それで、おいは、自分の道に自信がつきます。友達ならば、私もいつでも相談に行くことができます」

西郷は足を崩すと、右手を差し出した。

「は、はい」

菅はやっと顔を上げると、その右手を握った。

「本間殿、赤間殿、あなた方も友達でごわす。そうと決まったら、酒盛りでもしませぬか」

吉之助は、薩摩の焼酎を用意すると、すぐにあるものでつまみにして酒盛りを始めた。途中から、薩摩出身の政府の人間も集まって大きな酒盛りになっていった。

「菅先生、一つ、聞いてほしいことがあるんでごわす」

吉之助は酒が弱いので、数杯で酔ってしまう。

「はい、友達でございますから、吉之助先生のお話ならば何でも聞き申します」

「従道、筆と紙を持ってこい」

西郷は、普段は見せないような荒々しい声で弟に命じた。従道は、また始まったというような感じで、奥に行くと大きな紙と筆を持ってきた。

幾歴辛酸志始堅
丈夫玉砕愧甎全
一家遺事人知否
不為児孫買美田

「もし、この詩に違うようなことがありましたら、西郷吉之助は言行が反したとお見限りください。本日友達として名を連ねさせていただきました吉之助でごわすが、この詩に反してしまっては、当代一の愛国者の菅秀三郎先生に合わす顔があり申さん」

「いえ、西郷先生。この秀三郎も、この詩を常に心にしまい、日本の国のため庄内が模範となるように、粉骨砕身働きまする」

その日以来、菅秀三郎と本間助三郎は、毎日のように西郷の私邸を訪れた。話が深夜になることは普通で、話が進めば鶏声を聞いてもまだ話が尽きぬほどであった。

助三郎は、毎日二人の話を聞いていた。いや、たまには二人の話に入って徐々に自分の考えを話すようになっていた。西郷吉之助は、秀三郎と話すことそのものももっとも面白かったが、庄内において助三郎のような若者が、どんどんと頭角を現し、そして、学んで成長してゆく姿をうらやましく思った。

「政府の仕事が済んだら、学校を開こうと思うんでごわす。いやいや、助三郎殿を見ておると、人が成長するそのことがこんなに素晴らしく、そして日本国を明るくすることとは思いませせなんだ」

吉之助は、このようなことを言っていつも目を細めていた。秀三郎も、助三郎が半分うらやましく思いながら、それでも日本の将来として、西郷が教える学校に期待をしていた。

東京最後の日、秀三郎は、長々と教えを乞うた吉之助に挨拶に来た。

「菅先生のためにお土産を用意しており申した」

西郷はそう言うと、着流しのまま奥から紙を一枚持ってきた。

菅先生の帰郷を送り奉る

林疎葉盡轉
傷悲明發又
為千里離細
雨有情君善
聴替人連日
滴淋漓

西郷隆永拝

（晩秋となって木の葉がすっかり落ち尽きて、林も一段と淋しくなった。先生が明日郷里をお発ちになると、また、千里も遠くのお別れとなり、実に心寂しく思われます。秋の雨がしとしとと降っておりますが、菅先生よくお聴き下さい。先生とお別れする私の心に替わって淋しく連日降っているようであります）

「菅先生が帰られるのは、非常に寂しいことでごわす。東京の中で、今までは二人で戦っているようであり申したが、これからは単身戦わねばなりません」

「この仕事を成し遂げられるのは、西郷先生しかおりません。日本のために」

「助三郎殿も。菅先生をぜひ支えてください」

「はい」

西郷吉之助は、こののち、軍制改革を行い、兵部省を陸軍省と海軍省に分割した。また平民が乗馬することを許可するなど、武士と平民の間の垣根を次々と取り払った。また、国民が皆教育を受けられるように学制を整え文部省をその管轄にし学校をすべて文部省の配下においたのである。国立銀行条例を作り通貨制度を改め、今までの資産などもすべて関係なくしてしまったのである。そのうえ、徴兵制を行い、また、地租改正で税制も変えてしまった。武士が特別に許されるような特権もなくし、裁判所が設けられるようになる。まさに、外から見てもまた国の制度も、西郷が思い描いた通りの「人と人の垣根のない近代的な国家」に脱皮したのである。

「なんだあれは」

伊藤博文は船の中から、横浜の灯りを見ていった。

「吉之助のことだ。少し見ない間にかなり変わっているであろう」

岩倉具視は、いらいらしながらキセルを何回も船べりにたたきつけた。その都度、コン・コンと甲高い悲鳴のような音が船に響いた。

「発展しているならば、良いではないですか」

「ということは、私たちは必要がないということだ」

大久保は、船が一刻も早く港につかないか、イライラとしながらキセルを何回もふかした。

「あっ、そうか。でも吉之助さんならそうなるでしょう」

「ならばお前は政府をやめるか」

「いえ、そんな。せっかくこんなに長旅を終えてきたのに、お払い箱では困ります」

「そうだろ。よし、何か考えねば」

ちょうど風向きが変わったのか、煙が大きくたなびいて、船からは日本がくすんで見えた。

〈第三章〉

1　俊英明治天皇

「国内の制度は整ってございます」

　元江戸城、この時の皇居の中に貴族の集まる部屋があった。その部屋に太政大臣の三条実美が、参議西郷隆盛と板垣退助を呼んでいた。「七卿落ち事件」以来の三条の盟友であり相談相手でもあった四條隆謌が大阪に旅立った後、三条は「何かあったら吉之助に聞け」という四條隆謌の言葉通り、毎晩のように西郷隆盛を呼び、政府の改革を行ってきた。岩倉や大久保、木戸といったところが外遊している間の留守政府において、参議の西郷と大隈重信、板垣退助や左院の議長の後藤象二郎副議長の江藤新平が中心になって、約二年間の飛躍的な発展と改革を担ってきた。

「吉之助、次は何をする」

三条実美は、この時期になって西郷と話すことが楽しくなっていた。

はじめのうちは、自分を威圧するような大男が、聞きなれない薩摩の方言と不慣れであろう敬語を使って話す姿があまり得意ではなかった。しかし、その言葉の一つ一つが、全て日本国を考えての言葉であり、また日本の国民が暮らしやすくなるものばかりであった。もちろん、それらは武士の特権を失うものも少なくなかった。

「はい、国内でやるべきことは、まだたくさんあるでございます」

相変わらず、貴族の三条からすれば奇妙な言葉であった。しかし、不思議なものでこの言葉遣いが、三条の耳に慣れてきて、心地よい響きになっていた。

「それで」

「武士の時代、古い時代の習慣をすべてやめていただきたいと思います」

「古い習慣」

「はい、南蛮人や紅毛人と同じように髷（まげ）を結うのをやめ、また奥方殿の鉄漿（おはぐろ）もやめようと思います。また、牛の肉を食せるようにしてはいかがかと思います」

「吉之助。そのようなことが必要か」

三条は、以前のように激高することはほとんどなくなった。なんでも落ち着いて話を聞き、調整できるようになったのである。しかし、この時は別である。何しろ、当たり前と思っていた生活習慣を改めろ、というのである。

「はい、今までであれば、髪型や鉄漿といった外見で身分がわかってしまいます。しかし、南蛮・紅毛は外から見たら服装や勲章を除けば、外から見ただけでは全く分かりません。元武士も商人も農民も同じ外見にすれば、みな平等になるのでは無いかと思うのでござりまする」

「それがどうなる」

まだ吉之助の真意はわからない。

「軍の中で、兵の上下に身分による問題が出てきます。能力のない武士と能力のある平民、どちらに指揮をとらせるでごわすか。また、国の政務も同じです。これからは日本国全体を治めなければなりません。日本中から身分に関係なく、優秀な人材を集めなければならないのではないかと思うでごわす。その時に外見で出自がわかり、差別ができてしまうというのは大きな障害になるのではないでしょうか」

「ふむ。それでは、我らよりも優秀な人間が出てくれば身分が落ちるし、また、我らより豪華で優雅な生活をするような農民が出てくるやもしれないということであるか」

三条は不満そうであった。三条も、自分自身の実力に自信があるわけではなかった。

「しかし、殿下。その身分の差がないので、私がここで腕を振るっておりまする」

西郷に言われると、三条には何も言えなかった。

「もうよい」

突然、奥の扉が開いた。

「陛下」

西郷はあわてて椅子から降りて土下座した。板垣も大隈もそれに倣った。そこには、明治天皇が扉の前に立っていた。まさか、このような場所に陛下自身がお出ましになるとは思っていなかったため、西郷も板垣も大隈もいや、三条ですら硬直してしまった。

「吉之助、なぜそのように思うのじゃ。何か、吉之助をそのように思わせることがあったのであろう。遠慮なく申せ」

まだ年が若い天皇は、非常に利発そうな、そしてはっきりした少し甲高い声でそのように言った。侍従がすぐに両脇に来て、最も良い椅子を運んできていたが、天皇は、その椅子に座ることなく、土下座している西郷の横に行き、しゃがみこんで西郷に話しかけた。

「はい、庄内藩の酒井忠篤様が薩摩に参りました。軍の修練のためです。その中で、酒井様は中間小物等と一緒のボロ長屋に住み、炊事洗濯、針仕事まで身の回りのことを自分でこなし、同じ兵隊の一人として、今までの部下と仲良く、そしてほかの者も命令を受けてもそのまま嫌な顔もせず、楽しそうに修練をしておりました」

西郷は、ゆっくりと、そしてしっかりと話をした。天皇はその言葉の一つ一つをかみしめ頷きながら聴いていた。

「最後には小物の服部小作なるものと私と三人で酒を飲み申しましたが、何十年の友達のように、身分の垣根を越え、そして共に笑い、共に語り、そして、結束を強める。これこそ、庄内戦争での庄内の強さですし、これから日本の国に最も必要なことと思います。酒を飲んだ時に酒井様は自分で繕ったのか、赤や白の糸で不器用に穴をふさいでいました。小物の服部殿の方が綺麗な服でした。私は、その二人の姿に、そして、自分で穴をふさいだ酒井様に、日本の将来の強さを見た気がし申します」

「そうか」

明治天皇は、それを聞くと、すっと立ち上がり、侍従の持つ脇差を突然抜いた。まさに無礼討ちにするのではないか、そのような気迫であった。

「陛下、西郷吉之助はまだ日本に必要な人物で……」

三条は、天皇と吉之助の間に割って入った。しかし、天皇は、そのまま自分の左手で自分の髷を持つと、その場で自分で切り落としてしまったのである。

「吉之助。これで、朕もそなたと同じになるか。そなたと同じように未来の日本が見えるようになるか」

一瞬の出来事であった。

「は、はい。申し訳なく……」

西郷は泣いていた。涙が止まらなかった。あっけにとられている板垣はそのまま口を開けて見ていたし、また、大隈は一瞬見て、何も見ていないという風情でまた頭を下げてしまった。

「陛下」

三条は断髪した天皇に対して平伏した。

「許されれば、私の髷もお切りください」

「三条、その方はあまり納得してなかったのではないか。先ほどそのような口調であったぞ」

天皇は、少し面白そうに言った。天皇は扉の陰ですべて聞いていたのである。

「い、いや、面目ない。それゆえ、率先してこの実美が髷を落とします」

「そうか。ほれ」

天皇は、持っている脇差で、大根でも切るように三条の髷を落とした。

「ありがたき幸せにござりまする」

三条は改めて平伏した。

「髷を結ってはいけないというようなお触れを出すに当たらぬ。三条、その方のように髷に憧れる人もいよう。髪の形で人の価値など変わらぬ。何もしなくてよい。民が皆そうしたければそのようにすればよい。朕は、西郷の言うように、髷を切り落としたら、明るい未来が見えた。それだけでよいのじゃ。他の者が真似しようと、髷を残そうと、好きにさせよ。よいな、三条。吉之助、これでよいか。朕も酒井には負けとうないわ」

「はっ。かしこまってござりまする」

声を出したのは、三条だけであった。西郷は、この時には、声を上げて泣いていた。天皇は、すべてわかっている、その気持ちがうれしかった。日本を本当に良くしよう。天皇と吉之助は同じ未来を見ている。それだけでよかったのだ。

「万里小路」

天皇は、侍従代わりに使っている宮内大輔の万里小路博房（までのこうじひろふさ）を呼んだ。

「この髪を整えよ」

天皇は大声で言うと、また奥に戻っていった。何か晴れやかな表情であった。

2　吉之助下野の報

「そんなはずはない」

酒田の本間家の前の当主、本間光美が、先年、平民にも許された馬に乗って秀三郎のところに駆け込んで来た。ちょうど酒田県のことを松平権十郎等と会議をしているところに、慌ただしく入って来た本間は、まだ息を切らしていた。

「そう言われましても」

本間光美は、なんと言っていいかわからなかった。確かに、「信じられない」というよりは「信じたくない」という方が正しい。菅秀三郎の手に握られた江戸からの文には「西郷吉之助征韓論で敗れ下野。薩摩に帰る」とあったのだ。

「西郷先生は、これからの日本に必要な人物じゃ。わしが、わしが言って戻ってもらう」

「落ち着きなされ」

松平権十郎が居住まいを正して言った。

「しかし」

秀三郎は畳を叩いた。この事態において何もできない自分がもどかしかったのである。

「本間殿、庄内の戦役の頃からお世話になりますが、ここは一つ、私どもの個人的なことでまたお手数をおかけしてよろしいでしょうか」

こういう時は、年長であり、なおかつ最も落ち着いた対処をするのが松平権十郎であった。少しおどけた、そして形式に縛られるところはあったが、それでも確実に物事を解決の方向に進める力は、庄内でも最も信頼が厚かった。

「この隠居でよければ、何なりと」

「光美殿、酒田県、庄内藩としては、薩摩に正式な使者を立てるわけにはいきません。また、西郷先生のことです。何か深いお考えがあることでしょう。まず西郷様に使者を遣わせて、お話を伺いたい。そのために光美殿にご尽力いただくわけにはまいりませんでしょうか」

「我ら庄内は、まだまだ新政府からすれば敵対した国ですから、なかなか枠からずれたことを行うわけにはまいりません。この本間光美が商人として請け負いましょう。但し、一つ条件がございます」

「ほう、それは」

受け答えは松平権十郎が行った。しかし、その会話を聞いて秀三郎も何が行われるか大体のところがわかってきたのか、落ち着きを取り戻していた。

「本間助三郎をお貸し願いませぬか。彼ならば、西郷様と面識がございます。何も知らぬものが西郷様に会いにゆくよりも深く本音を聞けましょう」

「なるほど、それも道理ですな。わかり申した。では光美殿。殿も中殿もご不在の今、我らで留守を守らなければなりません。そのためによろしくお願い申し上げます」

権十郎は、本間光美に頭を下げた。数年前までは庄内藩の家老とその地方都市の酒田の豪商に過ぎない関係であるが、彼らの間には、単なる武士と商人の関係以上に、一緒に戦った、今でいう戦友のようなつながりになっていた。

菅秀三郎は、本当ならば自分が行きたいのを抑えるのに必死であった。しかし、助三郎ならばなにか聞き出してくれるに違いない。そのように思ってもいた。

3　権力闘争が嫌いなものたちの酒宴

鉄道唱歌の東海道第一集五十七番の劇中にて、「三府の一に位して、商業繁華の大阪市、豊太閤の築きたる、城に師団は置かれたり」と歌われた大阪鎮台は、江戸幕府から接収した大阪城に司令部があった。歩兵連隊は、第八、第九、第十及び第二十連隊が大阪城内において訓練を行い、主に長州や土佐を中心にしながら、大阪商人の二男や三男、または町人が非常に多い軍となっていた。

その司令部にいたのが、四條隆謌であった。彼の弟で時の四條家当主である四條隆平は大阪の近所の奈良県知事になっていたため、隆謌は、生まれ故郷の京都にも近く、また当主の隆平も近く、東京の中心にいなくてもあまり不便を感じていない。そもそも隆謌は七卿落ち以降、政治の中央の派閥争いや権力争いを嫌っていた。それだけに、東京を離れ、京都も離れた大阪の地が気に入っていた。

「四條隆謌様はこちらでごわすか」

隆謌が大阪名物の箱寿司をつまみに酒を飲んでいたところに、身を屈めるようにして大男が入ってきた。

「おう、吉之助か」

隆謌は、自分の机から会議用のテーブルに酒の入った湯呑みを持って動いた。

「突然のお邪魔で申し訳ございませぬ」

西郷は、片手に酒の徳利とまだ生きている蛸をもって入って来た。江戸から船で来たという西郷は、港で蛸をもらって来たらしい。

「気が利くのう。まあ、座られたらどうか」

西郷を案内してきた長州兵と思う人が椅子を引き、そして隆謌の机から箱寿司の残りを運んで、二人の間に置いた。

「おう、君、その蛸をぶつ切りにして醤油を持って来てくれ」

「はい」

兵は、覚えたての敬礼をして部屋を出て行った。

「吉之助、聞いておるぞ」

「さすが隆謌様でごわす。耳が早うございます」

「朝鮮に行くところだったそうだな。もっとも、岩倉や木戸は西郷が軍を挙げて朝鮮を征

権力闘争が嫌いなものたちの酒宴

服するとして政府を危険にさらしたと言っておるようじゃが」

隆譚は、西郷の湯呑みに酒を注いだ。

「まさか、朝鮮と戦ですか。私もそのようなことはさすがに」

西郷は笑ってしまった。

「征韓論とか言うそうな。ああ恐ろしや。そんなことになったらこの大阪鎮台が先陣を仰せつかることになってしまうわ」

隆譚は、外に聞こえるほどの大声で笑うと、自分の湯呑みの酒を飲みほした。

「岩倉や木戸や大久保がやりそうなことだ。嘘をついてでも自分の権力と自分の立場を守る。それがあいつらのやり方だ。だから奴らを欧州に追いやったのだが、帰ってきて吉之助がやられてしまうとは思いもせなんだ」

「いや、私は、そんなに仕事をしたいわけではありません。板垣さんや江藤さんまで辞めてしまったので、日本の政府がどうなるかそれが心配でごわす」

西郷は、ちょうど出てきた蛸を口に運んだ。おいしそうに「うーん」と頷き、首を横に振った。

「三条まで体調を崩して辞めたらしいではないか」

「申し訳ないことでごわす」

そう言うと西郷は少し押し黙ってしまった。西郷にしては珍しく、酒を一気に飲むと手を伸ばして箱寿司をつまんだ。そのまま、二人は何を話すでもなく、黙って酒を酌み交わした。

「おう、思い出した。誰かおるか。客人を連れてまいれ」

四條がそう言うと、そこに袴と青の着物を着た若者が入って来た。

「確か、菅実秀先生がお連れの本間助三郎殿でごわしたな」

顔を見て西郷はすぐに言った。

「知り合いと思うてな。吉之助に会いたい。必ずここに来るはずだと言って聞かんものだから、ここにとどめ置いた」

隆謌はそう言うと、湯呑みをもう一つ持ってきて助三郎の前に置いた。吉之助は、すかさず酒をなみなみと注いだ。

「菅先生は達者か」

「はい。このたびのこと、菅先生がどうしても西郷先生本人に話を聞いてくるように仰せつかっております。ぜひとも真相をお話し下さい」

「菅というのは、何者であるか」

四條は知らない名前が出てきたので、少々仲間外れになった気分で言った。

「こちらは四條隆謌様でごわす。左近衛少将様で、私に庄内に寛大な処置をさせるよう説いた、庄内の恩人でごわす。隆謌様。菅秀三郎というは、庄内藩の家老で四書五経漢詩和歌をたしなみ、また、東北一、いや日本一の愛国の傑物でございます。命もいらず名もいらず、官位も金も要らぬという愛国者でごわす」

西郷は、三条に話すときよりはずっと気楽に、普段の友人と話すかのごとき話し方で隆謌と話をした。

「なるほど。そしてその助三郎というのは」

「はい、菅先生のお連れになられる方です。なんでも酒田の本間家の血筋になるとか」

「ほう、『せめてなりたや殿さまに』の、あの本間家か。これはなかなか」

「商人も、武士も、丁稚も分家も家老も皆並列で庄内のことを思い、庄内を守る。これが庄内の強さでごわす」

「なるほど、武田信玄の『人は石垣・人は城・情けは味方・仇は敵也』であるな。四書五経を学べば同じ結論になる。そうであろう、助三郎」

四條は急に助三郎の方に向き直った。助三郎は西郷に何とか会いたい一心でここにいたので、まさか四條隆謌とこのように会話するなどとは夢にも思っていなかった。その分、また緊張が全身を支配し、もう少し刺激があれば卒倒しそうな感じであった。

「は、は、はい」

「助三郎殿。そんなに緊張せんでよいでごわす」

西郷は笑った。そして、今回、なぜ西郷が下野したかを語り始めた。

助三郎にとって西郷の語った内容は衝撃的であった。新政府の中に派閥があり、その派閥が長州と薩摩の藩閥だけではなく、さまざまな利権で離合集散しているということがまずは語られた。その派閥争いをしている人々は、みな私利私欲を肥やし、日本国のために仕事をしていないということ。その派閥が、共通の敵を見つけると、その共通の敵に対して結束し、そしてそれを排除する。幕末は徳川幕府と佐幕派が共通の敵であり、今は、岩倉使節団がいない間の留守政府が彼らの共通の敵となってしまったことである。その道具として、今年すでに決まった朝鮮への使者の派遣が使われたのであるが、しかし、それがいつの間にか「征韓論」という、西郷が全く主張をしていない朝鮮を軍事力で征服する話になっており、そして、その架空の作り話で西郷は政府を追われたということである。

「助三郎と言ったな」

四條隆謌が口を挟んだ。訥々と語る西郷は、悔しそうな表情も何もなく、悟りを開いたような表情であったが、四條が口を挟んだ時に、やっと正気を取り戻したような表情となり、そして、助三郎の方に向き直った。

「新政府の中には、さまざまな考え方がある。決して庄内藩のように一つの考え方でまとまっているわけではない。私も仙台に行ったが、長州の世良修蔵などはひどい者であったらしい。当時の新政府軍の中には吉之助のような者もいるし、世良のような者もいた。これが新政府の真の姿だ。だから、庄内のように商人も農民も一つの塊になった藩には、新政府では歯が立たないのだ。ただ、その塊を活かす道がなければ、日本全体が弱くなってしまう。助三郎殿には少し難しいかもしれないが、この通り、吉之助の友人の菅先生に伝えてくださるか」

「はい」

助三郎は、なんだかわからないが、とにかく返事をした。

「ところで、助三郎。もしも、岩倉とか大久保とか木戸が西郷を攻めたらいかがする」

「えっ」

四條隆謌の質問は助三郎には意外なものであった。新政府がその功労者である西郷を攻める。そのようなことがあるはずがない。しかし、西郷も意外そうな顔を全くしていないことに、驚いてしまった助三郎は、恥ずかしい思いをした。

「そのようなことはないと思います」

「吉之助、どうか。この助三郎殿は、まだまだ純粋で、そのようなことは考えられないようである。助三郎殿の純粋な目を見ていると、私も汚れてしまった、そう思うのお」

四條は蛸を二、三個まとめて口に運ぶと、傍らにおいた酒をグイッと飲み干した。

「隆謌様、鶴岡に入った時に、町人も武士も、薩摩言葉の私を温かく迎えていただきまして、非常に驚きました。町全体が一つの塊になって心を通わせている。そんなところはどこにもありませなんだ。庄内のような藩が多ければ、官軍は完全に負け戦でした」

「そうだな、官軍も薩摩、長州、土佐、肥前、いずれも藩閥が強く、一つのまとまりにならなかった。陛下や我らがいなければ薩長は分裂していたかもしれない」

と四條は懐かしそうに言うと、少しため息をついて、助三郎の方に向き直った。

「ところで、助三郎、もしも西郷と新政府の戦になったらいかがする」

「はい、庄内は西郷先生に大恩があります。当然に、西郷先生に呼応して……」

「それはいかん」

ドンッという、机をたたく音が響いた。いや、それ以上に、普段の西郷からは想像もつかないような怒気をはらんだ大声であった。助三郎の見た西郷の目は潤んでいた。しかし、その中には火が燃えているような熱さを感じた。なぜ怒られたのか、なぜ西郷は大声を出したのか、助三郎には全く理解できなかった。しかし、さすがに西郷ほどの大男の地を割るような大声に、助三郎は言葉を止めてしまった。

「吉之助。もうよい」

四條は、さっと立ち上がって自分の飲みかけの酒を、西郷にひっかけた。ちょうど、大火事になりそうな種火に水をかけて消すような形であった。そして、その四條隆謌の声は、また西郷の声に負けず非常に大きな声であった。

廊下から数名の兵士が銃を構えて入ってきた。鎮台将軍の部屋で何かあったのではないか。事件か、あるいは、西郷の謀反か、それを心配したのか、開いた扉からは銃口がいくつも西郷と助三郎を狙っていた。

「お前らもよい。下がれ。なんでもない。少々酔っただけじゃ。ご苦労。しかし、君たち、駆けつけるのが遅い。一言目の時に入って来なければだめだ。もう少し訓練してこい」

隆諶は慌てて取り繕うと、兵士たちを下げた。

「助三郎とやら、わからぬか」

「全く分かりませぬ」

「派閥争いというのは、日本の国家のことなど関係なく、自らの権力で行うものじゃ」

「それでは、西郷先生はそのような派閥争いとは何の関係もないのではないでしょうか」

隆諶は、助三郎の答えに笑ってしまった。確かに助三郎の言う通りなのである。

「助三郎。それでは問う。そなたら庄内藩は戦を望んだのか」

「いえ、われらは人の道を守るために国を守ったつもりでございます」

助三郎は、四條隆諶と西郷隆盛二人の英雄の本当の姿を垣間見た感じで恐ろしかったが、しかし、それに負けず精いっぱい声を振り絞って答えた。

「そうであろう。戦というのは、こちらがどんなに戦をする気がなくても、相手が仕掛けてくれば受けて立たなければならない。特に本人が戦う気がなくても、血気盛んな者がいれば、そして大事なものを守るためには、戦わなければならないこともあるのじゃ」

「はい」

助三郎は、四條隆諶の教えるような口調に安心していた。

「特に、吉之助は、日本の国のことを考え大義を背負っている。そのために私利私欲にかられる人間にとっては邪魔な存在だ。だから吉之助を中央から排除した。しかし、その存在が大きすぎるから、攻め滅ぼさねば安心はできない。当然に、派閥争いが好きな者たちは、吉之助が戦うように仕向けるであろうし、また、吉之助は、そのことがわかって自重していても、吉之助を敬愛する者どもの中で血気盛んな者が、先に手を出してしまうこともある」

吉之助は泣いていた。机の上には先ほどの酒とは違う新しいシミが広がっていた。助三郎もなぜか自然と涙が出てきていた。

「しかしな、錦の御旗はその派閥争いが好きなものの手にある。吉之助も望んで入るまい。そして吉之助は負ける。吉之助の性格から、錦の御旗に勝つことはできないであろう。ならばその時に、吉之助が敬愛する庄内の者たちも一緒に呼応して滅ぼされて、それでよいと思うか」

「…………」

「違うであろう。それは助三郎が庄内の人間だからではない。吉之助が敬愛する愛国者である菅秀三郎が、そして国のために働こうと思う庄内の人々が、そして日本国をこれから良くしようと思う愛国者が、一人でもいなくなってしまえば、それは国家の大きな損失なのだ」

「しかし、西郷先生との大恩を忘れてしまっては、人の道に外れます。人の道に外れれば国のためにならないのではないでしょうか」

「愚か者」

今度は隆謌が怒った。

「隆謌さま、申し訳ありません」

固まってしまった助三郎に代わって、西郷が謝った。

「悪い。大きな声を出してしまった」

隆謌はそう言うと、湯呑みの中の酒を一気に飲み干して一息ついた。

「助三郎、よく聞け。吉之助は、当然に庄内の者がそのように言うことはよくわかっている。しかし、吉之助は一緒に政府と戦ってまた混乱を起こすよりも、自分の死後、自分の志を継いでくれる、その魂がわかる人に生きてもらいたい。自分を理解する者に自分の思いを繋いでもらいたい、そのように思うのではないか。小さな、と言っては悪いが、自分に対する恩よりも、吉之助が最も大事に思い命を捨てても成し遂げたい、日本国のことを、庄内の者に繋いでもらいたい。吉之助のその気持ちがわからぬか」

四條隆謌も、涙を流していた。助三郎は、やっと自分が間違い、そして西郷や四條が大声を出した理由がよくわかった。大事なのは、日本なのだ。そして西郷の志を継ぎ、後世に伝えること、それが最も大事なのだ。小さい恩ではなく、大きな志を守る。

「助三郎殿、今のことを菅先生に伝えてください」

西郷は、涙で揺れた声でそういうのがやっとであった。大阪名物の箱寿司は、少し酒と塩味がきつかった。

4　身体を捨てた御奉公の覚悟

薩摩に戻った西郷の元に庄内の人は足しげく通った。本間助三郎が大阪鎮台で四條隆謌と共に聞いた西郷の本音が庄内の人を安心させたのである。しかし、それはあくまでも公式のものではなかったため、庄内の人々は、自分たちで西郷が「征韓論者」ではなく、「朝鮮との対話論」を主張していたこと、また、政府に反対する者ではないということを証明しようと躍起になった。

まず真っ先に庄内戦争で最も怖がられた酒井玄蕃了恒（げんばのりつね）が向かった。酒井玄蕃は、北斗七星を逆さに配した「破軍星旗」の軍旗を掲げた庄内藩二番大隊を指揮し、新政府軍から「鬼玄蕃」と言って恐れられた家老だ。酒井玄蕃は、戦後明治政府の中において、その戦上手な手腕を買われて兵部省に入省していた。

今回の鹿児島訪問は、兵部省から西郷隆盛周辺の動向を探るように言われたためであった。兵部大輔の山県有朋からの命令であり、そのまま熊本鎮台の谷干城（たてき）に面会し、その報告を行うように命じられていた。

酒井玄蕃は、まだ三十二歳であったが、大変聡明であり、なおかつ物事の機微をつかむのが優れていた。

「玄蕃殿、西郷先生に会ってどのようにするおつもりですか」

東京から一行に加わった服部小作が酒井玄蕃に聞いた。一行はこのほかに栗田元輔、伊藤孝継、それぞれの従者がついて来ていた。小作は、酒井忠篤が西郷の勧めでドイツに留学したのち、酒井玄蕃に預けられていたのである。

「自分たちが欧米に行っている間に、改革を進められてしまい、また、それで帝からも民からも信頼を得ている。菅殿が申しておったが、命もいらなきゃ名もいらぬというようなものは始末に負えぬらしい。そんな始末に負えない存在は、目障りだよなあ」

酒井玄蕃は、歩きながら何事もないかのように普通にそのように答えた。小作にとってはなぜか他人事のような玄蕃の言い方にはなんとなく不満を覚えた。しかし、玄蕃の性格や玄蕃の思慮の深さを知っているために、小作が感じている以上の何らかの考えがあるはずだ。小作はあわてて質問を変えた。

「玄蕃殿、なぜ新政府の人は、西郷先生に教えを請わないのでしょうか」

「そりゃ、自分たちも偉くなってしまったんだから、仲間の一人に教えなど請えない。ま

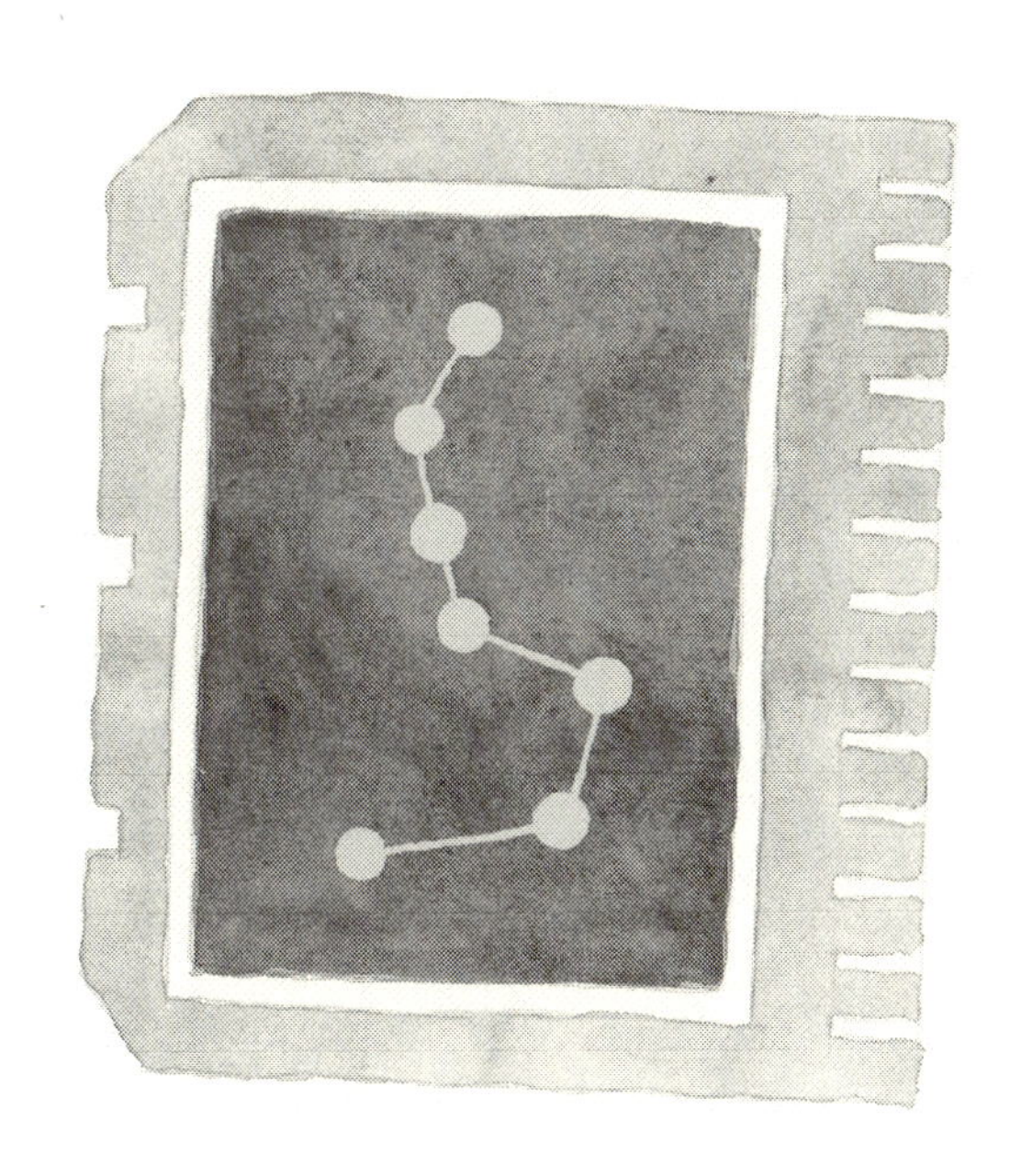

鬼玄蕃の破軍星旗

た、権力を自分で使いたいのだから、西郷先生に独占されてしまうのは困る。そのために上下は決めないのだ。孔子先生の言う『由よ、汝に之を知ることを誨えんか。これを知るをこれを知ると為し、知らざるを知らざると為せ。是知るなり』という言葉が理解できていないのであるな。まあ、簡単に言えば、西郷さんに負けたくない。教えを乞うことで負けを認めたくない、そんなところかな」

玄蕃は、まったく立ち止まることも、また、小作を見ることもなく、そのように言った。権力の近くにいる人間ならば誰でもそのようになってしまうのは当たり前のことだ、とでも言いたげな簡単な物言いであった。

「しかしそれでは、国家の損失でございます」

小作は少し怒って言った。小作は、政府の人間が、庄内の人以上に国家のことを考えていると思っていた。いや、そうでなければ、なぜ庄内が負けたのか、なぜ庄内は降伏して国辱を浴びたのか、自分を納得させることができなかったのである。

「小作、少し怒っておるな。我々庄内が、人の道を思って命を賭して戦ったのに、薩長の人たちが人の道に悖り、私利私欲に走っているのでは納得できないか」

玄蕃は一瞬立ち止まると、小作の顔を見た。小作の顔は、何かを我慢しているのか、ぐっと口元に力が入っていた。

「でも、小作。権力というのはそのようなものだ。権力を持った者はそれを守ろうとするし、それを脅かすものは排除する。庄内も徳川さまも同じだろ」

「では、その政府に頼まれた玄蕃殿は、西郷さんの無実の悪事を暴きに行くのですか」

小作は、玄蕃の物言いに、玄蕃が完全に政府に取り込まれてしまったのではないかと疑った。

「いやいや」

玄蕃は小作の少し失礼な質問に笑いながら答えた。

「小作。私はそのようなことはせぬぞ。西郷先生に、謀反の疑いがあるようならば、そのように報告するし、そうではなければそうではないと報告する。それだけだ。真実を報告することが、国のためである。ああ、先に言っておくが、西郷先生に限ってとか言うなよ。私はそれを見に行くのだから」

玄蕃は全く歩みを緩めず、そのまま歩いていた。栗田も伊藤も、そのような酒井玄蕃の性格を熟知していた。少し遅れそうになった小作はあわてて一行についてゆくために小走りになるしかなかった。結局その会話はそれで終わってしまうのである。

結果として、酒井玄蕃は、「西郷に謀反の疑いは微塵もない」という書簡をしたため、また、その通り谷干城に報告した。政府、特に長州の者は、酒井玄蕃、というよりは戊辰戦争で敵対した薩摩に対して庄内の人間が悪意に満ちた報告をすると考えていた。しかし、酒井玄蕃の報告書は中立的で、西郷に謀反を起こす気がないことをしっかりと証明する内容であった。そればかりか、世にいう「征韓論」などは存在せず、西郷が、朝鮮に共同で大国にあたる平和の使者として行くことを、西郷の言行だけでなく、その他の周辺の調査などを含めて、客観的な証拠を付して報告したのである。

当てが外れてしまった政府は、酒井玄蕃のような人物が庄内にいて、西郷と共に挙兵されては困る。そのために、酒井玄蕃を清国に偵察に行かせたのである。なお、酒井玄蕃は、清国偵察の報告書で「直隷経略論」を刊行、その中で地理、気候風土、言語、食糧事情、歴史的な背景や影響など様々な観点から日本が中国大陸において戦争を行うことに問題を提起する。この時から三十年以上たった日清戦争時、そして日露戦争時に、その酒井玄蕃の予言はすべて当てはまったのである。

酒井玄蕃が訪問した翌年には菅秀三郎が鹿児島を訪れた。ちょうど、庄内では松ヶ岡の開墾から住民騒動があり、また庄内を庇護している四條も西郷もいなくなったために、政府は、酒田県の県知事と参事を後退させたのである。そのために、職に縛られなくなった秀三郎が、鹿児島の山奥の武村（たけむら）にある西郷の家を訪ねたのである。

「秀三郎さん、よう、はるばる来なすったなあ」

菅と西郷は、すでに「秀三郎」「吉之助」と呼ぶ仲になっていた。いや、そう呼ぶように二人で決めていた。

「職がなくなりましたので、鹿児島に訪ねて来ることができ申した」

「それはようござった」

二人は肝胆相照らして様々なことを夜半まで、時間がたつのも忘れて語り合った。

「巷では、吉之助先生が政府に向けて挙兵するともっぱらの噂でございます。途中、児玉という者が、西郷狩りをしなければならないかもしれぬと熊本城に入っていき申した」

「児玉源太郎ですな。彼は長州の産んだナポレオンでごわす。政府も児玉を送ってきたならば本気のようですな」

西郷は、そう言うとしばらく黙りこんでしまった。

「ところで、昨年酒井玄蕃殿と話されたそうで」

秀三郎はしばらくの沈黙の後、話題を変えて沈黙を破った。

「玄蕃殿は、素晴らしい方でごわした。すべてに目配せし、決して感情に流されることなく、そして、何よりも風流で教養があり申す。あのような人物が育つのが庄内でごわすな」

西郷は表情を崩した。

「いやいや。もしもなにかあり申したら、酒井玄蕃殿もすぐに西郷先生に呼応して動きましょう」

「秀三郎さん、それはやめて下され。おいが、もし兵の上に立つとしても、それは負け戦でごわす。大義もなく、また、政府は勝てるとしてからしか兵を動かし申さんでしょう。庄内の人は義に篤いので、負け戦でも兵を挙げて行動を共にしようとし申す。しかし、本当の人の道は、私のような者と一緒に滅びることではありません。日本国の先をお願い申し上げます」

「しかし、それでは西郷先生が」

秀三郎が少し前に進み出ながら言った。

「菅先生。あの陰謀の好きな木戸や伊藤、それに岩倉殿、そして私を知り尽くしている大久保が一緒になって攻めてくればどうにもなりますまい。また、私一人ならば黙っていますが、薩摩武士は庄内と同じで、道に悖ることを嫌い、どうしても過激に進んでしまいます。おいは、日本がもう国内で戦をしないように、派閥争いがいかに日本の国益を損ない、国力を失い、そしてやってはいけないことか、そのことをこの命を捨てて多くの人に知らせる事が、おいの最後の御奉公になります。しかし、その御奉公は、おい一人で行うものでごわす。人には役目がございます。今、庄内が政府に対抗して兵を挙げても、それは西郷に従ったのではなく、庄内戦争の意趣返しとしかなり申さん。それでは、愛国者、日本の将来を託せる人を失うだけで、何の役にも立ちません」

「しかし、庄内の者はそれでは納得しません」

秀三郎はなおも食い下がった。

「それを抑え、そして、天皇陛下や政府に、私の役目をお知らせいただくのが、秀三郎さんの役目です。もし私が戦に敗れて死んでも、それは死ぬのではあり申さん。今のこの小さな体ではなく、もっと大きな所で、この日本を守るために身体を捨てるだけでごわす。人は、存在を失ってこそできる御奉公もあるものでごわす。菅先生ならば、きっとわかってくださる。わかってくださる菅先生にしか頼めないことと、そう信じております」

西郷はそう言うと、目の前にある湯呑みの酒を飲み干して、その茶碗を割った。まさに、水盃のように、それ以上の反論を許さない、そしてその茶碗のように、決して戻らない今生の別れの意味を示していた。

「わかり申した」

秀三郎は、そう答えたつもりであったが、まったく声になっていなかった。秀三郎には、西郷の言うことはわかりすぎるほどわかった。いや、数年前の庄内の戦争の時は、自分たち庄内の人全体がそのように思っていたのだ。新政府と言われていた勝者であり、そして、新政府の最も頼りになる大器が、その大器を今の茶碗のように毀して、そして、世の中にすべてを悟らせる。戦などは全くしたくないし、戦をすることの不毛なことも何もすべてわかっていた。しかし、もう戻れない。それが二人の心の中にはよくわかっていた。

贈菅先生

相逢如夢又如雲　飛去飛来悲且欣

一諾半銭慚季子　昼情夜思不忘君

西郷は、最期に菅秀三郎にこの漢詩を渡して一行を見送った。菅秀三郎も西郷も、これが今生の別れであることを、薄々気づいていたが、そのことは一切口に出さなかった。いや、口に出してはならないと思われたのである。

この後、伊藤孝継が、酒井玄蕃の命令として伴兼之(かねゆき)と榊原政治(まさはる)の二人を連れて来た。西郷の私学校でぜひ学ばせてほしいという。西郷は、死ぬ覚悟ができていて、他の藩の人を、特に庄内の人を巻き込むつもりはなかったが、酒井玄蕃の思慮深いところと、この二人の青年の顔を見て、何も言わずに笑って門下に入ることをを許可したのである。

5　西郷挙兵の報

明治十年一月、雪深い庄内に一つの報せが届けられた。松ヶ岡神社近くの本陣が、旧庄内藩士の集まる場所であり、何かあれば、そこに多くの藩士が集まった。

「西郷先生が挙兵された」

いつも一番の報せを持って来るのは酒田から馬を飛ばしてくる本間光美である。商人の人脈を使ったその情報の速さと正確さに庄内の人々は何度助けられたであろうか。思えば、鳥羽伏見の戦いで幕府軍が負けたのも、また、庄内の武装を整えたのも、そして、西郷が下野したことも、すべて本間光美が最も早くもたらした情報なのである。

「本間殿、いよいよか」

菅秀三郎は、その知らせを持ってきた本間光美に言った。

「なんでも、銃の火薬工場を西郷先生が奪ったらしい。政府も征討軍を編成するということじゃ」

本間光美は、少々嫌な顔をして報せの手紙を松平権十郎に手渡した。

「いよいよか」

若者たちはいきり立った。松平権十郎の代わりに山形県令になった三島通庸は、特に先年の明治天皇の行幸に合わせて、道路の整備と栗子山隧道や関山隧道建設に多くの資源を徴収した。また鶴岡城を廃棄し、そして洋風の建物を多く建て、街の景観が全く変わってしまうまでにした。当然に、山形の人々はみな貧困にあえいだ。「同じ薩摩でも西郷さんと三島さんでは器が違う」と言われ、山形県民には非常に不満が溜まっていた。

「伴と榊原はちょうどよく鹿児島に留学しております。庄内と西郷先生が連携すれば、東京を挟むことができまするぞ」

伴兼之と榊原政治の二人を酒井玄蕃の依頼で鹿児島に留学させた伊藤孝継が声を上げた。決して広くない部屋の中では、「おー」という声が上がった。松平権十郎と菅秀三郎は、目を閉じて全く姿勢を崩さなかった。

「当然に、政府に不満のある元の会津や二本松、そして長岡の兵たちも挙兵するでしょう。そうなれば、西郷先生の天下になりまする」

「酒井玄蕃殿が御存命ならば……大変残念でござる」

伊藤は再度口を開いた。酒井玄蕃は三年前に鹿児島に行った後、政府に都合の良い報告書を書かなかったことから、そのまま兵部省の命令ということで、病身を押して清国に敵情偵察に行っていた。しかし、そこで病状を悪化し、この前年、明治九年に病を患って亡くなっていた。三十四歳の若さであった。庄内藩は、これからという指導者を失い、その落胆の色は隠せなかった。

「『西郷先生はきっと巻き込まれる。その時庄内に何ができるのか、それが問題じゃ』玄蕃殿はそのようにおっしゃっておられました」

伊藤孝継は、そのように言った。

「玄蕃殿は、西郷先生に呼応して挙兵するとは申してはおらなんだな」

松平権十郎は、やっと重い口を開いた。

「権十郎殿は、県知事になったから、政府に反抗するのは御嫌なのであろう」

「そのようなことではない」

「ではなぜ、玄蕃殿の言葉で呼応するとならぬのか」

伊藤と共に酒井玄蕃と西郷のいる鹿児島に行った栗田が問い詰めた。

「一つは、西郷先生の言葉を正確に理解せねばならぬ。西郷先生が戦って政府を滅ぼすおつもりならば、おぬしどもの言う通りであろう。しかし、西郷先生が必ずしも政府を滅ぼすおつもりかどうかはわからぬ。今一つは、殿も中殿様もドイツに留学しておられお留守じゃや。殿も中殿もいない間に、藩全体がことを起こすこと等は、考えられぬ事じゃ。戦が長引き、殿や中殿が戻られ、それでも戦が続いていれば、呼応することも可能じゃ。それからでも遅くはあるまい。玄蕃殿も、殿や中殿の許可なく呼応して挙兵することなどは言っていなかったはずである」

「殿か」

伊藤はうつむいた。確かに酒井忠篤、忠宝がドイツで日本政府の管理下にいるということは、政府の人質になっているようなものなのだ。

「殿にもご理解いただけるのではないか」

栗田がそう言った。

「西郷先生の御心もわからない。しかし、同時に殿や中殿の気持ちも、やはりわからないのではないか。逆に殿も中殿も、挙兵しないことに御不満を抱く事も考えられるはずじゃ。権十郎殿には殿や中殿が全く呼応するつもりがないと言い切れる何かあるのかな」

栗田は、逆に権十郎を追い込むような言い方であった。権十郎もそこまで言われてしまえば、何も言い返すことはできない。

「よし、そうと決まれば、まず県庁を襲い……」

「待たれよ」

　止めたのは、菅秀三郎であった。

「殿の御心だけではない。西郷先生から何も言われずに立つのはいかがであろうか。私は何度も西郷先生に会っておるが、先生は、そのようなことを望まれてはおらぬと思う。西郷先生ほどの御仁の足手纏いになってはならぬ。軽挙は許さぬ」

「菅殿、何を申す」

　そう言ったのは、沖田林太郎であった。沖田総司の兄は、新徴組の庄内藩編入のまま、庄内にとどまり、最近では松ヶ岡の開墾に精を出していた。しかし、まだ刀を捨てたわけではない。廃刀令が出た後は木刀を常に腰にさして歩いていたほどである。

「われらは、江戸市中見廻組の時から、畑を耕すために庄内に来たわけではない。庄内戦争でかぶった恥をここで雪がず、いかがいたす所存か」

「沖田殿、その方には西郷殿の心がわからぬか」

　秀三郎にしては大声を出した。秀三郎がこのように怒気をはらんだ大声を出す、それは庄内に長くいる彼らにも初めてに近い経験であった。

「わからぬ。戦を行うものは、旗を揚げたうえは勝つためにまい進するものである。そして、己が勝つか、または己が死ぬか、いずれか一つしか結論はない」

少しひるんだ沖田は、それでもなお食い下がった。いや沖田一人の声ではなく、多くの庄内藩士そして新徴組、そして庄内の人の願いが、このような声にしたのではないか。

「この庄内は、降伏したが、そのどちらにもなっておらぬ」

正座したまま、全く体勢を崩さず、しかし、腰から扇子を取り出して畳に杖の用についた。何かあれば、沖田の木刀に扇子で受ける、そのような覚悟が知れる。

「だからその大恩にこたえるべき時ではないかと言っておる」

秀三郎の隙のない扇子の動きに圧倒されながら、どうしても口では負けてしまう林太郎は、徐々に語調が落ちてきていた。

「逆だ、なぜ西郷先生がこの庄内を残されたか。今回一緒に呼応して、一緒に滅び、戦火で領民を苦しめることを西郷先生が望むと思うか。その西郷先生の心にこたえることこそ、われら庄内の人間の最も大事なところではないのか」

「菅殿」

林太郎は、それ以上何も言えなかった。

「沖田殿、ありがとう。はっきり言って庄内の人間でない沖田殿に、そのように言われると、庄内の人間として私は恥ずかしい。皆も聞いてくれ。もっとも兵を挙げたいのはこの私だ。庄内の恩人であり私自身の師匠でありそして肝胆相照らして将来を語ることのできる親友である。今、ここで呼応しなければ、西郷殿は、攻め滅ぼされるであろう。私は、一人でも槍や刀を持って馳せ参じ、西郷殿と死ぬことなどなんとも思わぬ。いや、一緒に死ねるならこんなに幸せなことはない。しかし、それは西郷先生が望むことか、誰が西郷先生の遺志を継ぎ、西郷先生の偉業を後世に伝えて名を残すのだ。そして、誰が、西郷先生を滅ぼした政府に反省させるのだ」

そこに集まった血気盛んな者たちは、みな黙ってしまった。中には、すすり泣く声も聞こえた。いや、秀三郎も泣いていた。

「今、この時ほど、この菅秀三郎に能力がないことを恨んだことはない。一緒に死ぬのは簡単だ。そして一緒に死ぬ方がどれほど楽で幸せか。しかし、生きねばならぬ。生きることがこんなに辛く苦しく、そして自分の無能を知らされることとは、そして後世に恥をさらすことになるとは、思いもしなかった。これより庄内が挙兵しなかったこと、西郷先生の大恩を裏切ったこと、全てこの秀三郎が受けよう。その代り、みな自重し、そして、西郷先生の心を支援してくれ。そして、それでも納得がゆかぬ時は、この秀三郎の首を切り落とし、それで堪えてくれ。たのむ」

秀三郎の、血を吐くような言葉に、周囲は何も言えなくなった。

「秀三郎殿」

横に座っていた松平権十郎が、頭を下げた秀三郎の肩を抱き起した。

「生きる方がつらい。庄内の武士はその思いを二回思い知らされるのか。天はなんと試練を与えるものなのか」

雪の松ヶ岡の夜は涙に煙っていた。

〈第四章〉

1　黒田了介の自戒

西郷挙兵を聞いて、東京はにわかに慌ただしくなった。また、地方に行っていた戊辰戦争の功労者の多くも東京に呼び寄せられた。西郷と仲が良かった黒田清隆も、北海道開拓使のために札幌にいたが、すぐに東京に呼び戻されたのである。

政府は有栖川宮熾仁親王（ありすがわのみやたるひとしんのう）を鹿児島県逆徒征討総督に任じ、実質的総司令官になる参軍には長州出身で陸軍大臣の山県有朋陸軍中将と薩摩出身の海軍大臣川村純義（かわむらすみよし）海軍中将を任命した。薩摩の川村を参軍にするには反対もあったが、大久保はあえて薩摩の人間を使った。その事によって、薩摩全体が政府に反対しているというのではなく、あくまでも西郷とその周辺の「反乱」に仕立て上げたのである。

「西郷先生はそんな人ではないのに」

本間光美に頼まれて東京情報の収集に来ていた本間助三郎は、そのただならぬ雰囲気、要するに「西郷隆盛好戦的悪人説」が徐々に広まっていることに非常に違和感を覚えた。同時に、自分に対する東京の人の風当たりも非常に強く、情報はなかなか入ってこなかったのである。

そんな焦る助三郎が宿にしていた、忠篤が謹慎に使っていた清光寺の門前に、一台の馬車が止まった。

「確か本間助三郎と申したな」

馬車の窓が開き、中から声がかかった。

「そうであるが、なにか」

「そう、警戒するでない。私じゃ。黒田了介。覚えておろうか」

黒田清隆は、馬車の窓からいたずらっ子のような笑顔で接した。

「黒田様。これは失礼いたしました」

「話しているところを見られると面倒じゃ。すぐに乗りなさい」

「馬車に……はい。失礼します」

助三郎は、徐々に物怖じしなくなったのか、黒田が開いた扉から、躊躇することなくそのまま馬車に乗り込んだ。

「助三郎。まず私が書いた手紙じゃ。菅秀三郎殿にお渡し願いたい。中には、現在の政府の軍の装備、そして各鎮台の行動計画が書かれている」

黒田は、声を潜めてそのように言うと、その手紙を助三郎に押し付けた。声を出そうとした助三郎の口を、黒田は鍛え抜かれた大きな手で押さえ、声を出さないようにして、まるで独り言のように語った。

「吉之助が薩摩に下る時、わざわざわしのところに来た。普段はあまり酒を飲まない吉之助が、今まで見たことないほど酔っておった。そして、わしに『庄内の愛国心は国の宝じゃ。庄内と静岡の徳川のことはこの吉之助がいなくなっても、私が死んでもくれぐれもお頼み申す』とそう言って泣いておられた。『庄内でゆっくり過ごしたかった』そうも言っておられた」

黒田の声に、徐々に感情がこもり始めていたことを、助三郎は薄暗い馬車の中で感じ取っていた。

「吉之助の弟吉次郎さんは、長岡の戦いで戦死して居る。その墓は越後長岡にある。そんな地に、吉之助さんは暮らしてみたかったんだろうなぁ」

黒田は、そう言うと、少し間をおいて窓が閉まっていることを確認した。

「東京から西のすべての鎮台は吉之助を攻撃する軍になっている。しかし、越後新発田と東北仙台は全く兵を動かしていない。なぜだかわかるな。政府は庄内が呼応して挙兵すると思っておる。当然、わしにまで監視がついているほどじゃ。大久保や木戸、そして岩倉様は、なかなか権謀術数にたけておるから、純粋な吉之助さんなどは、すぐに手玉に取られてしまうであろう。すでに、庄内には数十人の政府の間者が入っており、何かあれば町に火をかけるようになっているはずじゃ。新発田の鎮台には小松宮様が総司令官になり、すでに、攻撃の準備が整っておる。そのことは、今の手紙にすべて書いた。庄内弁の助三郎に情報が集まらないのは、当然のこと、東京では助三郎だけでなく、庄内の人間は全て敵だと思っておる。吉之助さんに、『庄内を頼む』と言われたわしとしては、何とかしたいと思っておるが、これればかりはどうしようもない。あれだけ慎重で大器の持ち主の吉之助さんが挙兵したら、当然に、庄内もきっとこれに呼応するであろう。これはやむを得ないことじゃ。かかる天下の大事、各々が思うところで動くほかあるまい。わしは、両方に関わりたくないので、蝦夷地の開拓使に戻り、庄内を攻めることもしない代わりに、庄内を守ることもできない。こうやって、政府の動きや企みを教えることぐらいしかできぬ。

あとで、吉之助さんにあの世に行っても怒られ続ける。そんな感じじゃ」

「黒田様」

助三郎は、声を出してはいけないと思いながら、どうしても声を出してしまった。独り言のように言っているが、黒田の言葉一つ一つには庄内への思い、そして西郷隆盛への思いが深く刻まれていた。本来ならば敵国となるはずの庄内に、身内のすべての情報を出していた。このような話をしたことが明るみに出れば、黒田清隆といえども無事でいられるはずがない。助三郎でもそれくらいの変化があったことはよくわかった。

「私の立場もある。清光寺にはさまざまあるかもしれんが、東京の郊外までこのままそなたを送り届ける。武蔵国氷川神社の門前に馬がとめてあるから、その馬を使ってすぐに秀三郎殿に手紙を渡してくれぬか。本来であれば、酒席を用意せねばならぬが、このたびに限ってはこれで勘弁してくれ」

黒田は、そう言うと足元の風呂敷包みから竹筒に入った酒と、「道中寸志」と書いた封筒を助三郎に渡した。そして、また助三郎が口を開きそうになるのを抑えると
「吉之助に頼まれたのに、これくらいしかできないなんて、わしはなんて情けない男じゃ。自分で自分が嫌になる」

と、わざと馭者に聞こえるような大声で言った。

馬車は、その声を合図に、急に速度を上げた。

なお、後の事になるが、黒田はこのまま開拓使に戻ることなく、庄内が挙兵しないことを見ると、西郷攻めに駆り出される。しかし、熊本の鎮台司令部には仕方なく入るものの、一切軍に関して口出しはしなかったのである。言葉通り「敵にも味方にもならない」を貫いていたのである。

2　戦の理由

庄内は、助三郎の持ってきた黒田の手紙から、一切挙兵をするべきではないことをあらためて確認した。特に、西郷が黒田に「庄内をくれぐれも頼む」とした言葉にこたえなければならぬ。これ以上庄内のことで心配をかけてはならぬ、ということで、意見はまとまった。しかし、それにはこたえられないということで、横浜や東京などで、鹿児島に渡る寸前の藩士が何人も逮捕されるという事態になった。

一方、三島通庸県令は、「政府への忠誠の証」として、庄内から西郷攻めのための兵を募集することになった。菅秀三郎の斡旋もあり、服部小作や、伴兼之（ばんかねゆき）の兄、鱸成信（すずきなりのぶ）などがその募兵に応じた。

一方、薩摩でも一つの問題があった。酒井玄蕃の紹介として入れた二人、伴兼之と榊原政治の二人の進退の問題であった。西郷は、私学校に薩摩の人間以外は入れない方針であったが、酒井玄蕃の紹介として伊藤孝継が連れてきた二人の若者を例外として受け入れていた。酒井玄蕃からの手紙には「何も事件を起こさぬのであれば二人を受けていただいても問題はないはず。反乱など起こすはずがないと報告した私に恥をかかせないでくだされ」

と書いてあったため、西郷も受け入れざるを得なかったのである。

「伴兼之殿、そして榊原政治殿、お二人には大変申し訳ないが、酒井玄蕃殿との約束を破り、この西郷吉之助、戦を起こすことにあいなり申した。この度のことは、お前達には関係がない。そこで早く郷里の庄内に帰って勉強し、将来国家の為に尽くしていただきたい」

西郷は私学校の別室に二人を呼んで、監督の篠原国幹と二人で説得した。

「それはできません。ぜひ最後までお供させてくださいませ」

伴兼之は、真っすぐ西郷の目を見て答えた。その声には全くよどみがなかった。

「私もこの戦に庄内の人を連れて行くわけにはまいらぬ。それに、二人にもしものことがあれば、酒井玄蕃殿に申し訳が立たぬ。ただでさえ何事も起こさぬと報告された玄蕃殿の顔に泥を塗っており申す。これ以上、この西郷に恥をかかさんで下され」

西郷は頭を下げた。

「自分達は、西郷先生を一身にお慕いしています。先生のこの一大事な時に、どうして郷里に帰ることが出来ますか。是非従軍させて下さい」

榊原も逆に頭を下げた。

しかし、もっと強硬なのは伴兼之であった。伴兼之はすぐに腰から脇差を取ると、膝頭の前に脇差を置いて静かに言った。

「西郷先生の一大事に二人だけ西郷先生を捨てて庄内に戻ったとなれば、庄内藩の名折れ。そのような生き恥を晒していかにして国の者と顔を合わせることが出来ましょう。そのようになったら私たちは庄内で生きて行くことはできません。西郷先生がどうしてもと言うならば、この場で腹を切って……」

伴は、そう言うと静かに脇差を抜くと、着物をひろげ腹を出した。

「わかった。このままここにいていただいてようごわす。但し、絶対に死んではならぬ。良いな」

西郷は静かに言うと、にっこり笑って伴の手から脇差をとると、一人ずつ手を握った。

西郷率いる薩摩軍と有栖川宮熾仁親王を総大将とする軍は、九州全土を舞台に一進一退の攻防を繰り広げた。

本間光美は、私財を投げ打って全力でこの情報を入れた。

「本間殿、申し訳ありません」

「なに、今では隠居の身、これくらいしかお役にたてません」

菅秀三郎も、そして本間光美も、いや松平権十郎も、そのほかの旧庄内藩士も皆、毎日松ヶ岡に集まって殖産興業と言いながらも九州の情勢を気にしていた。さながら、薩摩と政府の軍の双方の軍を見ているかのごとき、いや、まさにそこが戦場であるかのような状態で多くの人が話に参加していた。時には、町衆や農民なども来ていたが、誰もが西郷の動向に非常に注目していた。

「もともと、薩摩軍三万、これに対して政府軍は七万。本来であればあっという間に勝負がついてしまいますでしょう」

「しかし、聞くところによると、精強な薩摩軍に対して、徴兵の町人や農民の軍では歯が立たないのではないかと言われておりまする」

「やはり、戦は武士がやらんとダメなのであろうか」

このような言葉が、集まった人々の口から様々に出ていた。

「ところで、菅様、松平様、一つ伺ってよろしいでしょうか」

「もちろん、本間殿のお話ならば何なりと」

「それでは、なぜ、西郷殿に呼応して立たれなかったのか。いや、どうも西郷先生の軍の動きが幕末の時のような勢いがありません。士気も高いですすし、兵も精強なのに、なぜなのか、私にはどうしても合点が行きません。菅殿ならば何か御存じではないかと思いましたので」

　本間光美は、連れてきた女中にお茶を差し替えさせながらそのように言った。

「この度の戦は、戦の前から情報が全く入らないので、その真相は明らかではありません。しかし、この戦、西郷先生の御本心から出たものでは無いと察するものです。もし先生の真意から出たものであれば、必ず自分にも連絡があるでしょう。直接無くても、公に示した言葉の中に、何かわかるような話があったはずです。しかし一片の所信も無いところからいって、先生の真意からではなく、なんらの事情があり、情義の為に人々に一身を投げ出されたものと思われます」

　差し替えられたお茶を飲みながら、秀三郎は語った。

「私もそう思います。私が大阪鎮台でお会いした時、戦というのは、こちらがどんなに戦をする気がなくても、相手が仕掛けてくれば受けて立たなければならない。特に本人が戦う気がなくても、血気盛んな者がいれば、そして大事なものを守るためには、戦わなければならないこともある、そうおっしゃっておられました」

　横に座っていた本間助三郎は、近くの家から手伝いに来ていた妻のお光に目をやりながら答えた。

「なるほど、皆さんのおっしゃる通り、東京の中の派閥争いで西郷先生は下野してしまい、そして、薩摩の人々に陰謀で仕掛けられたもので、戦になってしまったということでしょうか」

光美は、納得した。

「良くわからんが、もう少し我らにもわかりやすく語ってはいただけんだろうか」

西郷挙兵の報に接した時に、最も呼応すべきと叫んだ伊藤孝継である。

「伊藤殿、今まであった萩の乱や秋月の乱のように、東京の大久保利通や木戸孝允、そして岩倉具視卿などが、さまざまに画策し、乱を起こすように仕向けているのです。それでも前原一誠(まえばらいっせい)殿や西郷先生などは、中央のそのやり方はよくわかっておりますから、隠忍自重(いんにんじちょう)されるのですが、しかし、その部下は、先日の伊藤殿や沖田殿のように兵を挙げることこそ、と思われ、そして恥をかかされたなどと言って、その手に乗ってしまう。今回もそうでございましょう。西郷先生は、今回の菅殿と同じように闘う気はなかったでしょう。しかし、伊藤殿や栗田殿や沖田殿が勝手に兵を挙げればどうなります。菅殿も権十郎殿も、伊藤殿や栗田殿や沖田殿を見捨ててしまうことなどできますまい。そうやって蛮勇の蜂起に引きずり出されてしまった。西郷先生にしてみれば、まったく戦う気のない、また、計画性もない戦ということになってしまいます」

「そう責めてくださるな」

伊藤は頭を掻きながら言った。

「戦というものは、戦う目的や戦いの先にある道が見えなければ、多くの者がついて来られない。当然に、自分の命がなくなるのだから、その理由を、その命と引き換えに何を残すか、それをみんな知りたいものじゃ。その理由を見失うと兵は弱くなり、戦は負けてしまう」

松平権十郎は、静かに言った。普段戦についてあまり口を開かぬだけに、秀三郎も本間光美も意外そうな目で権十郎を見ていた。

「西郷先生、なぜ、なぜ、死なないでくれ」

菅秀三郎は、固く握りしめた拳で膝を叩いて叫んだ。その拳の上には涙が数粒光った。外は、また雪がシンシンと降って全てを白く変えていた。

3　田原坂

「三月十日から、大きな戦があったらしい」

やはり、第一報を持ってきたのは本間光美である。本間家の使用人のつながりというのはかなり広く、そしてその情報も早く、そして正確であった。三月の終わりには、すでに三月十日から二十日まで政府軍と薩摩軍の激戦である田原坂の戦いの報が、遠く庄内に届いていた。

「本間さんの話が一番早いからなあ。新聞は数日遅れて同じことが書いてある」

当時、すでに新聞はいくつか出されていた。読売新聞などのほか東京日日新聞や郵便報知新聞など、当時は東京や大阪で発行され、その新聞が郵便で庄内のような土地に届いた。そのために、同じ速度で来るならば、当然に本間光美の方が情報が早くなる。

「本間さんは、何しろ政府に資材を送っておられるから、政府の話が直接入るのですじゃ。それにしても、熊本の戦場では一日で十二石もの米を使うそうじゃ」

毎日松ヶ岡に集まる人々は、思い思いにさまざまなことを話した。このころはすでに松ヶ岡はお茶と絹の産地、その絹も「羽二重」として、日本だけでなく、世界各国で人気を博していた。その貿易も本間家が行っていたのであるから、東京にも海外にも情報網はしっかり確立している。

「で、本間さん、戦況はどうだったのでしょうか。やはり西郷先生が政府軍をやっつけたのではありませんか」

「いや、その逆じゃ」

光美は、急に表情を曇らせて神妙な顔で話を始めた。

「熊本の北の植木の地にある田原坂というところが主な戦場であったという。以前、政府軍の乃木少佐が惨敗して軍旗まで取られたあそこじゃ。今回はその薩摩軍が強硬な陣を張っている田原坂に政府軍が一気に攻め込んだのじゃ。連日の雨で弾は濡れ火薬が湿って使えない、そのような中、あるだけの弾を撃った後は、抜刀隊が突入する」

本間光美の講談調の話を、そこの一同が皆息をのんで聞いていた。

「政府軍は、最新式の銃だからその抜刀隊めがけて撃つ、そんな感じであったらしい。それで十日間にわたる戦闘で、薩摩軍がとうとう力尽き、熊本菊池方面に撤退したということじゃ」

「一か所で十日間も戦ったのですか」

「戦場ではよくあることじゃ」

最近すぐに感情的になり涙を流す菅秀三郎に代わり、比較的冷静な松平権十郎が戦の解説をした。

「庄内と久保田（秋田）の戦では、城攻めでもないのにそんなに長く一か所にとどまることはなかったのではないですか」

農民のような身なりの男が声を上げた。

「そうじゃ、城攻めなどではなく普通の戦場で合戦をした場合、どちらかの、力が圧倒的に強ければ、戦は長引かず、すぐに決まってしまう。相撲でも、関取と子供ではすぐに決まるのと同じじゃ。しかし、力がほぼ同じであれば、関取が四つに組んで動かなくなるように戦が長くなる。そういうものじゃ」

権十郎は、相手が農民であるということ、また松ケ岡に集まった者たちが武士や軍の心得のあるものばかりではないということから、なるべく平易なわかりやすい表現を使って説明した。この辺の細やかさと、冷静さが権十郎が一目も二目も置かれる理由である。

「それならば、庄内は久保田や長州兵に比べて強かったということじゃ」

農民の身なりの男は喜んで声を上げた。

「そうじゃ。庄内は久保田よりも、長州よりも強かったのじゃ。それは兵だけではない。武器や酒井玄蕃殿のような武将の器など、全てが優っていたということじゃ」

権十郎はここで区切って一呼吸置くと少し声のトーンを落としてつづけた。

「逆に、西郷さんの率いる薩摩軍は、ほかのすべての土地から集めた倍以上の政府軍とほぼ同じ力を持っていたことになる。しかし、補給や武器などで、徐々に押されてしまい、最終的には負けてしまった。そういうことじゃ」

権十郎は庄内が強かったという説明は明るく、そして西郷が弱くなったということは暗く話した。今回は、庄内の話ではない。西郷の率いる薩摩軍の話であった。

「我が弟は、いかが相成りましたでしょうか」

しばらくの沈黙の後、秋保(あきほ)親兼(ちかかね)という若者が口をはさんだ。

「それだけの激戦、足軽一人のことなどわからないかもしれませんが、何かわかったことがありましたら、ぜひお知らせください」

松ヶ岡は、農民や開拓民が主流の場所である。権十郎や秀三郎は袴をつけているが、本間光美ですら着流しで集まっているほどである。そのようななかで、しっかりと三所紋の入った羽織袴で、後ろの方で座っている若者に目が集まった。

「君は、伴兼之の……」

そう言ったのは、伴兼之を薩摩まで案内した伊藤孝継である。

「はい、私の兄は、庄内から政府軍の警視隊入りしました鱸成信、そして、私の弟が西郷先生の私学校に学んでおりまする伴兼之でございます。私は現在秋保家を継いでおりますが、血のつながった兄弟のこと、ぜひお聞かせください」

「……」

秋保親兼という若者のスッキリととおる声は、一同を皆黙らせてしまった。

「ぜひ」

「わかりました」

本間光美が重い口を開いた。

「私も庄内の人間です。当然に、戦そのものも、また西郷先生も気になりますが、最も気になるのは、庄内から行った皆さんのお話です。今まで、庄内の皆さんに戦死者はおりませんでした。しかし、このたびの激戦は、そのようなわけには参らないものであったようでございます。十七日の激戦で、鱸成信様は、薩摩抜刀隊との激戦の中、見事討死されたといいます。刀を合わせたところに、銃弾に撃たれ、その力が抜けたところを薩摩の方に斬られたと聞きます」

聞いている間に、秋保の顔は、徐々に青白くなっていた。光美の口調からすでに予想されたことであった。しかし、やはり直接聞くと自分の予想とは全く異なる現実が、重くのしかかってきた。

「して、弟兼之は」

「弟伴兼之殿は、二十日、薩摩軍が撤退するときに政府軍の追撃を受け、その時に、銃弾を受けて倒れられたと聞きます。兼之殿が撃たれた姿を見て、ご同僚の榊原政治殿がそれを助けんがため、陣地から大声をあげながら飛び出したのを合図に、薩摩軍は、一斉に追撃に来る政府軍に突撃し、政府軍はその必死の形相に恐れをなし、一時政府軍が撤退するということがあったようでございます。なお、その政府軍の撤退の中、ちょうど食料を運んでいた我が本間家の手の者も巻き添えを受けまして、数名が兼之殿とともに旅立っていると聞いております」

「あ、あっぱれな最期でございます」

本間光美の話で暗くなったのを打ち破るように、松平権十郎は、少し涙で潤んだ声を精いっぱい大きく張り上げた。

「ありがとうございます。これで私は我が兄弟を恥じずに生きてゆくことができます」

涙でくしゃくしゃになった顔をぬぐいもせず、秋保は、そのまま頭を下げた。

後日談になるが、秋保親兼は明治十二年に薩摩を訪れ、西郷隆盛の墓の隣にある弟伴兼之の墓を訪れている。その時、鹿児島の人々は皆、「非常にお気の毒なことをした。西郷先生はじめ皆で是非郷里に帰るようにとお勧めしたのですが、どうしても聞き入れなかったのです」と、伴兼之の功績をたたえながら、秋保に説明している。これに対して「いや武士として、また西郷先生の教えを受けたものとして当然のことであります。西郷先生のもとを離れてムザムザ帰るようなことがあったら私達が只ではおきません」と言い、「いずれ死ぬのですから師と仰ぐ人のために死ねることこそ本望と思います」と笑顔で答えたという。その秋保の言葉をきいて鹿児島の人は、「それでこそ、西郷先生は深く庄内藩を信ぜられたわけです。お二人とも至る所で奮戦され、実に見事な最期でありました」と庄内の人の素晴らしさをたたえたという。なお、後日談になるが、秋保親兼は、のちに立候補し、衆議院議員として西郷・伴などの意思を国政に伝える役目を担ったのである。

4　稀代の英雄西郷隆盛の死

「晋さん、もうよか」

もうすでに八月の間に軍は正式に解散した。解散したこともすでに政府軍に伝えた。しかし、政府軍の追撃は終わらなかった。政府軍は「西郷隆盛」という人物の命をとるまで薩摩の地を蹂躙する。戦争ならば軍が解散すれば終わる。しかし、人の恨みであればその人が死ぬまで終わらない。西郷はそれを悟っていた。

すでに数か月前に木戸孝允が京都で病死している。そのことも聞いていた。「桂が先に逝くとは思わなんだ。これで、おいが死んだら、薩長盟約の三人が皆いなくなる。それで新しい時代になるんでごわすなあ」木戸の死を聞いた西郷はそのように周囲に漏らしている。田原坂以降、いや、兵を挙げたときから死を覚悟している西郷は、西南の役の間ずっと昔を懐かしむ言葉が多くなっていた。

そして今日、九月二十四日、城山の本営から鹿児島に戻るために、山を下り前に進んだ西郷一行を、十重二十重（とえはたえ）に取り囲んだ政府軍が容赦なく銃弾を浴びせたのである。一人、また一人と倒れていく人々は、みな、西郷に笑顔を見せて死んでいった。そして、その銃弾が西郷の大腿を貫き、西郷は、その場で膝をついて動けなくなったのである。

「薩摩の人たちと庄内の人たちには申し訳なかことした。特に、あの和田峠で山県の軍と戦ったあの時じゃ。あの時、本陣に突っ込んできたあの若者、晋さん、あんたが撃ったあの若者、あれが庄内の酒井忠篤公と一緒にいた私の友人の服部小作さんでの……」

西郷は、その場に座ると服の前を開けて切腹の準備をしながら言った。そして明治天皇がいる東の方に拝礼する。付き従った者も合わせて拝礼をした。拝礼の最中も銃弾は容赦なく飛び交っていた。

「庄内だけでない、日本を背負う良い若者じゃった。だから晋さん、あんたが構えてもあの若者は全く撃ちゃせんかったろ。小作さん、おいの顔見て驚いとった。もうすぐ会えるから謝らんといかん。あっちに行ってから謝る人が多くて困るのぅ」

西郷は、そこまで言うと、刀を腹に突き立てた。

「ごめんやったもんせ」

「晋さん」と言われ続けた別府晋介は刀を振り上げると、そのまま西郷の首を落とした。

明治維新の功労者である西郷隆盛が四十九年の生涯を閉じた瞬間である。生き残った者は、最後に突撃するもの、また、自刃して果てたものさまざまであったが、みな、見事な最期であった。

当然に「西郷死す」の知らせは、庄内にも届けられた。

「嘘だ」

叫んだのは、秀三郎であった。知識人であり、そして冷静な菅秀三郎には珍しく、完全に取り乱し、松ケ岡の集会場を飛び出した。外はおりしも雨が降って秀三郎の涙を洗い流していた。

「掛け軸を外し、床の間を片付けよ。町内喪に服すように指示してくれ」

松平権十郎は、そのように支持すると、集会場を出て行った。集会場の人々は、建物の中から雨に濡れた権十郎と秀三郎の二人をのぞいていた。

「秀三郎殿、西郷先生は亡くなった。我々にはやらなければならぬことがあるのではないか。西郷先生を犬死させてはならぬ。秀三郎」

「権十郎殿。わかっております。しかし、しかし……」

秀三郎はその場で膝をついた。本間助三郎が傘を持ち、二人に雨が当たらないように気を使った。助三郎も、庄内戦争で、石原主水を、そして、今回の西南の役で服部小作を、仲が良かった幼馴染を戦で二人ともなくしてしまったのである。

「助三郎。そなたも二人も親友をなくし、また、親とも思える西郷先生をなくし、申し訳ないことをした」

権十郎は、助三郎に頭を下げた。

「これが、戦でございますか」

「助三郎。戦は命を懸けて何かを守り、何かを失い、そして戦でなければ残せない何かを残すものじゃ。戦などはしない方が良い。しかし、する以上は、勝たねばならぬ。勝てなくても、何かを残さねばならぬ。今回、西郷先生は、そして服部小作も伴兼之や榊原正治も、皆、命を失った代わりに、何かを残しているはずだ。その何かを、生き残った我々が伝えなければならぬ。どんなにつらくても、それが我々の役目じゃ。我々がやらなければ、忘れられて無くなってしまう。絶対にそれはならぬ」

権十郎も冷静に、しかし、しっかりとした声でそれを言った。

「はい」

「秀三郎殿、泣くのは本日だけに。明日からはまたやらねばならぬことがたくさんあり申すぞ」

庄内の涙雨は、より一層強くなっていった。

もう一つ、西郷の死が届けられたところがある。皇居である。

数日かけて現場司令の山県有朋による検死が行われ、その検死報告書が総督の有栖川宮熾仁親王の手に届けられた。有栖川宮熾仁親王は、今回の討伐隊に参加した鎮台司令を集め、報告に上がった。もちろん、事前に明治天皇は、西郷の死も知っているが、正式な報告は初めてである。政府の人間として岩倉具視と大久保利通が、各鎮台長に山県有朋、川村純義が参軍として同席した。

「陛下、このたびの西南の役に関しご報告申し上げます」

「ふむ」

明治天皇は、一段高くなった椅子の肘掛けに、肩肘をつき、不満そうな顔で有栖川を見ていた。

「以上、西南の役のご報告でございます。政府はこのようにして陛下の宸襟(しんきん)を案じ奉り……」

「うるさい、黙れ」

陛下は、まず小さな声でつぶやいた。有栖川宮熾仁親王は、話すのをやめた。

「今、なんと」

岩倉が天皇に聞いた。

「黙れと言うたんじゃ。聞こえんのか」

お側に仕える万里小路が、

「陛下、お言葉遣いが悪うございます」

と言ったのが、かえって明治天皇の逆鱗に触れた。

「うるさい、うるさい、うるさい、うるさい。おい、山県、誰が西郷を殺せと言った」

「は、はい」

山県は、その場で固まってしまった。

「おい山県、お前がいない間に、山県の発案だからと言って徴兵制を行ったのは誰じゃ。西郷ではないか。その恩人を、徴兵制でとった軍で殺せと命じたのは誰じゃ」

「は、ははっ」

明治天皇は立ち上がってさらに続けた。

「反乱の鎮圧まではよい。軍を解散したのになぜ攻めた。降伏した相手を殺したのか。わが軍、日本国は、そのような恥知らずの集まりか。熾仁、その方がそのような恥知らず

山縣有朋
岩倉具視
大久保利通
四條隆謌
明治天皇
有栖川熾仁

を命じたのか、それとも岩倉、お前か。大久保、お前は薩摩を裏切ったのか。朕が何も知らぬと思っておるのか。西郷を追い出したところからすべて、朕は全てを知っておるのじゃ」

明治天皇の怒りはとどまるところを知らなかった。

「陛下、その辺でおさめてやってくださいまし」

全員がうつむいている中、明治天皇に声をかけたものがいた。名古屋鎮台に転身していた四條隆謌である。

「それ以上言うと、皆さん腹を切らねばならなくなります。これ以上、人材を減らしてはなりませぬ」

少しやんわりとした、しかし、心の通った四條隆謌の声は、明治天皇に響いた。

「すまぬ。もう皆下がってよい。少し一人にしてくれ。四條、あとで何かうまいものを持ってきてくれ。功労者である熊本の谷干城は、後日沙汰をする」

明治天皇は力なくそう言うと、もう一度椅子に深く腰掛けた。有栖川宮熾仁以下多くの者は、明治天皇が深く西郷を気に入っていたことを知り、反乱を鎮圧したにもかかわらず、やってはいけないことをしたという感覚が政府を覆うのである。

5　西郷南洲翁遺訓まで

「菅殿、これでよろしいでしょうか」

西郷の死から十年。いかにして西郷先生の功績を後世に伝えるか。菅秀三郎は、そればかりを考えた。しかし、「政府に反乱を起こした賊将」という立場は、明治政府の中で実に大きな問題となった。

秀三郎は、まず松ヶ岡の集会場、実はこれが羽二重の蚕室なのであるが、その集会場をもって「西郷先生を学ぶ」という集まりを開いた。私塾などというものではなく、同じ趣味の者が集まる場にした。西南の役が終わって国内が平穏になっても、政府の庄内に対する監視の目は厳しかった。特に、自由民権運動が大きくなると、政府は集会自体を規制するようになっていった。庄内はただでさえ監視が厳しい中、賊将となった西郷隆盛の思想の勉強会などはできるはずがない。秀三郎は自分の号から「臥牛の会」として立ち上げた。「臥牛の会」では、主に西郷隆盛の言行録の作成を行ったのである。幸い、東京近郊は、監視の目が厳しくても、庄内まではあまり監視がなかったこと、そして県令が薩摩出身の三島通庸（みしまみちつね）であったことも、この場合は幸いした。表向きは論語を学ぶ会としながら、中では「西郷の教えを朽ちさせてはならない」という掛け声で西郷に接した人が集まり、西郷の言葉を一つずつ解釈していったのである。

「ふむ。まあ、まだまだ西郷先生の言葉にはなっていないと思うが、一応これでご報告に上がろう」

秀三郎は、数冊に渡った「西郷隆盛研究」を二組風呂敷に包んだ。

「助三郎。ご苦労だがこれを届けてくれるか。もちろん、他に見られるでないぞ。西郷先生はまだ、世の中では賊将であるからな」

「はい、心得ております」

すっかり働き盛りになった本間助三郎は、白髪が混じった菅秀三郎に笑顔で語りかけた。さすがに十年もたてば、幼馴染を失った心の傷も癒えていた。

「大阪鎮台以来でございましょうか」

東京市ヶ谷にある四條隆謌の私邸に本間助三郎はやっとの思いでたどりついた。すでに侯爵になり元老院議員になっている四條隆謌は、さすがに警戒されている庄内の名もなき若者を入れてくれるほど甘くはなかった。それでも、何通もの文を書き、そのうえで、やっと私邸に入ることができたのである。

「久しぶりよのう。ちゃんと覚えておる」

四條隆謌はかなり齢を重ねていたが、それでもしっかりとした受け答えであった。

「あの時は吉之助が一緒におってな、庄内の行く末を二人で心配していたところじゃった。君のことを叱り飛ばしたのも昨日のことのようだ」

「その西郷先生に関してですが」

助三郎は、そう言うと、風呂敷を解いて中から書物を出した。ちょうど若い少年がお茶を運んできた。その少年の目を気にして、助三郎は一度書物を隠すが、四條は気にするなというように助三郎の手を払うと、その書物に手を伸ばして広げた。

「今更、気にしても仕方あるまい。それにこの少年は、四條家の女中の息子でな、最近四條の家で働きながら、勉強しておるものだから、何の心配もいりはせん。この子は、書家を目指したいというから、そのうちどこかを紹介しようと思うがの。まあ、その前に下働きしながら、我々のことを学んでもらわねばならない。まずは、食事の作法からじゃ」

話はそれるが、この少年は四條隆謌の跡を継いだ四條隆平の紹介状をもって三人の書家を訪問するが、しかし、個性がないことを理由に、その書家の門弟にならず、四條隆謌・

隆平に仕えて四條親子が主催する美食倶楽部の手伝いをする。そう。この少年こそ、後の北大路魯山人である。

「さてさて、吉之助か。庄内の者はなかなか頑固だからなぁ」

「はい。申し訳ありません。しかし、西郷先生あっての明治であり、西郷先生あっての今の世の中であると存じます」

「おい」

四條は、お茶を出して下がろうとしながら、自分の話になってしまったので、下がるにさがれなくなった少年を呼んだ。

「黒田大臣様を呼んで来い。お忙しいとは思いますが、四條隆謌が特別な用事でぜひお知恵を拝借したい、そう申しておると、少しの時間でよいから四條の私邸に足をお運びくださいと、そう言って大至急連れてまいれ。馬車を使って構わん」

軍に長くいただけあって、四條隆謌は、命令口調になるとしっかりしている。後の北大路魯山人は、飛び跳ねるように部屋を出て行った。

「助三郎。実は、元老院でも西郷の復権ということがたまに話題になる。もちろん、政府に反乱したものすべてを赦すわけにはいかない。しかし、功績も大きいし、また、吉之助の場合は、岩倉や大久保が仕掛けたということも明らかになっている」

「そうなんですか」

「もちろん。帝は全てご存じじゃ。しかし、だからといってすぐに賊将を解くわけにはまいらぬ。そのようなことをすれば、当時戦を仕掛けた者すべてが処罰されることになる。場合によっては、また西南の役のような戦になりかねない」

「しかし、大久保利通卿もなくなっておられるのでは」

「陰謀や派閥争いが好きなのは、大久保ばかりではない。岩倉具視もそうであるし、今の内閣総理大臣、長州の伊藤博文もなかなかの策士じゃ」

四條隆謌はそう言うと大声で笑った。笑いながらゆっくりと助三郎の持ってきた書物を見ていた。

「助三郎。庄内は、庄内の中でまとまっているが、助三郎殿が大阪に来た時から、東京の政府は一つにまとまっているものではない。特に権力が大きくなると、なかなか一つにはまとまらないし、また、本音でものを語れないようになってしまう」

ちょうどそこで扉が開いた。

「隆謌殿、大丈夫でございますか」

「黒田大臣には忙しいところ申し訳ございませんなあ」

「いやいや、隆謌殿が緊急の事態と承ったので、ご病気かお怪我かと思いまして……なんか、元気そうですね。……あれ、そこに座るのは庄内の本間殿ですか」

黒田は、やっと気づいたように助三郎に声をかけた。

「お久しゅうございます。西南の役の前にお借りしました馬ですが……」

「そんなことはどうでもよいが、隆謌様と本間殿で私を一人だけ呼び出したとなれば……」

「察しが良いなあ。さすが了介さんだ。あんたが助けた庄内藩のたっての願いだ」

そう言うと四條隆謌は、読みかけの助三郎の書物を黒田に見せた。黒田は、まず表紙を見て「西郷隆盛研究」と書いてあるのを見て、驚いた。

「庄内藩のたっての望みとは、西郷吉之助大兄の復権か」

「黒田大臣殿は、相変わらず察しが良いね。この助三郎に語らせてはどんな言葉が出てくるかわからないから、私から話そう。了介、君が今大臣でいられるのは誰のおかげか。薩長が同盟し、坂本龍馬と桂と吉之助とが手を結び、そして、西郷が藩閥派閥を超えて改革を行ったからではないか。今の政府の仕組みを作ったのは大久保正助だが、軍の基礎を作ったのは、そして、多くの人々の心を治めたのは吉之助ではなかったか」

隆謌は黒田を「了介」と呼ぶことで、維新の時代、彼らの原点を思い出させた。

「はい。しかし、現在政府では政府に反抗した賊将であるということになっております」

「今更、その処置を怒ったりはしない。そもそも、了介は知らないかもしれないが、西郷が死んだことを有栖川宮が伝えたときに、帝は、殺せと命じてはいない、と、いたくお怒りであった。そのお気持ちがわかるか。そのあと、帝は私と二人で、吉之助の思い出話をしながら、あんなに私心もなく国のためを思った忠臣はいなかった。忠臣であればあるほど妬みが固まり、そして、殺してしまったと、帝御自身が血を吐くように語っておられた。それでも、政府に波風を立てないために、西郷を賊将とすることに賛同されたのだ」

「そうであったのですか」

驚いたのは助三郎である。自分たちが西郷を尊敬しているように、天皇も西郷を信頼していた。その事実は庄内の行ってきたことが帝のお心に沿っているということになる。

「了介さん。西郷を復権しよう」

四條は言った。

「しかし、私では無理ではないでしょうか」

「来年、憲法が発布される。その時に君が総理大臣になりたまえ。そして、憲法発布の恩赦で西郷を元に戻し、あの息子に官位を与えよ。元老院は私が調整する。岩倉を黙らせればよい。政府は了介が担当せよ。良いな」

「わかり申した。しかし、庄内の人がこんなにまで他国、薩摩の西郷吉之助大兄を慕ってくれているというのは、うれしいことでごわすなあ。薩摩の人間として、そして、西郷の門下生として、お礼申し上げる」

黒田は、少し目を潤ませていた。

「ところで助三郎」

四條は、言った。

「菅秀三郎殿に注文を付ける。まず西郷隆盛研究というのはやめよ。一応賊将であったものだ。もう少し遠慮せよ。例えば『南洲翁遺訓』と、西郷ということは一切入れずに本にせよ。そして、一応発刊には政府の許可をえよ。黒田にこれ以上迷惑をかけてはならぬ。本にしても、政府に遠慮して手に取るものは少ない。それを君たち庄内の人間が広めよ。よいな」

「はい。しかと心得ました」

二年後の明治二十二年二月十一日大日本帝国憲法発布に伴う大赦で、西郷隆盛は正式に赦され、正三位を追贈された。黒田が内閣を取りまとめ、また元老院では反対があったが、四條と明治天皇が強硬に押し切ったのである。もちろん、この運動の中に、庄内の人々の声があったことは間違いがない。

恩赦が発表されたとき、菅秀三郎など、庄内の有志は東京に出向き、黒田清隆と四條隆謌にお礼に上がった。その時に出したのが、新たにできた『南洲翁遺訓』と、西郷隆盛の助言によってできた松ケ岡の羽二重そしてお茶であった。四條隆謌は、ちょうど病気で療養中であったために、涙して喜び、西郷吉之助の思い出話に花を咲かせたのである。

助三郎は庄内に戻ってすぐに、菅秀三郎に四條隆謌の言葉を伝えた。秀三郎は、庄内藩の中から若者を六名集め、二名一組にして、日本全国を行脚させた。

「良いか、君たちが西郷先生の遺訓を広めるのじゃ。黒田総理大臣のご尽力によって西郷先生のお言葉に関して、本の発刊が許された。しかし、その本を広め、国民すべてに西郷先生のお考えを広めるのは、本を作るより大変なことである。特に、西郷先生は、一度賊将としての汚名をかけられておる。その汚名の返上もすべて君たちにかかっている。ぜひとも君たちの活躍をお願いする」

「菅様」

中の一人が聞いた。

「なぜ、薩摩ではなく庄内がこのようなことを行わなければならないのでしょうか」

「二つの理由がある。一つは、薩摩の人は、西郷先生と一緒になって政府に反抗した戦をしてしまった。そのために、彼らが再度西郷先生を奉る本などは出せないであろう。庄内は、西南の役の時に全く行動を起こさなかった。それだから、庄内ならばできるということだ。もう一つは、君たちもわかっているとおりに、この庄内こそ西郷先生のご尽力と寛大なご処置によって、官軍に反抗したにもかかわらず現在の発展を遂げている。当然に、その大恩に報いねば、人の道に外れる。西郷先生が亡くなってしまった今、我々にできるのは、その遺志を継ぐこと、そしてその遺志を広めることではないか。今は、この西郷先生の遺志を広めることこそ、庄内の人の道であると信じるものである」

「ただ、最も大きいのは」

助三郎が付け加えた。

「西郷先生から菅様が頼まれたのじゃ。いや、頼まれたというよりも、後を託された。それにこたえることこそ、人の道なのです。そうですね菅様」

「う、うん、そうだ」

西郷南洲翁遺訓まで

秀三郎は、なんとなく気まずそうにうなずいた。

もちろん、『南洲翁遺訓』と題名を変え、編纂しなおした書物を持たせ、西郷の偉大さを説いて回ったのである。不思議なことに、元の会津や長岡など、新政府軍に反抗した旧幕府の人々が競って購入した。皆、「自分の信じる道」をそして「敬天愛人」ということを説く本に共感をしたのである。

「ありがとう」

多くの人が、『南洲翁遺訓』を読んで、勇気づけられたという。徐々に、本当に徐々にではあるが『南洲翁遺訓』は、庄内の人の手で日本全国に広められ、西郷隆盛の考えや、その遺志は日本国民に広く受け入れられるようになった。『南洲翁遺訓』ができてから数年で、いつの間にか西郷隆盛が「賊将」と呼ばれていたことすら、多くの人から記憶が消え、政府に不満があれば西郷の再来を待望するような声が上がるようになった。

少し時代は前後するが、明治十七年、四條隆謌に、権力争いが好きな者と言われた岩倉具視は、時の外務大臣、副島種臣（そえじまたねおみ）に、「あの時、西郷さんを朝鮮に素直に行かせればよかった。あれは一生の不覚であった」と語っていた。また、日韓併合後、朝鮮総督に就任した伊藤博文は、暗殺される前夜明治四十二年に西南戦争のきっかけとされた「征韓論」について、「南洲翁の議論は、この際大義名分を明らかにしておくが、使節派遣論で決して征韓というものではなかったのだ」と言っていたのである。日露戦争前夜、日露協商派として戦争をしないようにした伊藤博文は、自分の政略で日韓併合を行うものの、その抵抗の大きさに、戊辰戦争後の庄内を治め、逆に庄内の人から絶大な支持を受けた西郷隆盛のやり方が思い浮かんだのに違いない。西郷隆盛という人物が、単純に恩赦されただけでなく、人々の心、特に、政府の関係者の心の中に、非常に大きな存在として蘇った。そのきっかけとなったのが庄内藩の『南洲翁遺訓』によって西郷をほめたたえる国論が大きくなったこと、そして残された自分たちが朝鮮半島経営がうまくいかなくなったことなどであることは明らかであった。

「これでよろしいでしょうか」

菅秀三郎は、飾ってある西郷の手紙に向かって声をかけた。

「菅様」

いつのまにか、本間助三郎がそこに座っていた。

「助三郎か。いやいや、えらいところを見られたな」

秀三郎は少し照れくさそうに言うと助三郎の方に向き直った。

「菅様、今日は松ヶ岡神社のお祭りですので、お祝いをお持ちしました。ところで、西郷先生はいかに申されておりましたか」

助三郎は、そこに西郷の言葉が生きているように菅秀三郎に聞いた。

「いや、それが、西郷先生はなかなか厳しく、まだまだだとおっしゃられておる」

「西郷先生の最終の理想はどのようなものでしょうか」

助三郎は、秀三郎にぜひ聞いておきたかった。西郷ではなく、西郷という名前で秀三郎が目指しているもの、その姿が何なのか。菅秀三郎を突き動かしているものが何か、それをぜひ聞きたかった。

「それは、国民皆が西郷先生を忘れることである」

「はぁ、今、何とおっしゃられましたか」

平然と「西郷を忘れること」と言った秀三郎に対して、あまりにも意外な言葉であったために、助三郎は変な声を上げてしまった。「西郷先生の教えを朽ちさせてはならない」という合言葉で庄内の人は日夜努力した。しかし、その究極の目標は「西郷先生を忘れること」というのである。

「助三郎、わからぬか。西郷先生のおっしゃること、一つ一つが金言であり、我々にとって、わからないことを教えてくれる。この日の本の国のため、そして、故郷のため、私を捨てて始末に負えない人物になるということの重要性を西郷先生は常に説いておられる。また、過去に敵であったものも、人の道に曲がったものも、その人の将来がまっすぐであれば、寛大に許容するということが人の道として重要であることを示唆してくださる」

秀三郎は、ここで一呼吸置いた。歳を取って体が弱ってきていた秀三郎には、一気に話すのは少し辛くなってきていた。

「しかし、西郷先生がいなくても、西郷先生のことを思い出さなくても、この日本に始末に負えないものばかりになれば、西郷先生の教えはいらなくなってしまう。国民が皆、自然に、西郷先生のように私心を捨てて、大きな心と公平な目で国家のことを考え、また天下のことを語れる人ばかりになれば、西郷先生は忘れられて良い存在になる。その時は、残念ながら西郷先生は忘れられてしまうが、しかし、西郷先生の教えがすべての国民に広まったという証になろう。我々には欲があり、西郷先生のように私心を捨てることなどは到底できない。しかし、そのような考えが国民全体に広がるように、そして西郷先生を忘れてしまってもご政道が誤らないように、それが西郷先生が託された道と思う」

「すべての国民が、西郷先生のようになれば、西郷先生を忘れても構わない。そのようになることが西郷先生の望みということですか」

　助三郎は、ため息に似た口調で話をした。

「そうじゃ。教えというのは、それを完全に自分のものにしてしまえば、教えてもらわなくてもよい。そのような教えを広めることこそ、われら生き残った者の役目じゃ。しかし、どうも最近、私では役不足であるため、再度、西郷先生の教えを受けねばならぬからか、天からたまに西郷先生や酒井玄蕃殿が呼んでいるような気がする。後を託されたのに、道半ばでは怒られなければなるまい」

　まだまだ元気そうな秀三郎は、淋しく笑った。考えてみれば、幕末から苦楽を共にしてきた人々は、皆、先に逝ってしまった。幼馴染を二人なくしている助三郎とて同じ事であった。

「そのようなことを言わず、まだまだ頑張ってください」

「そうじゃな。ここだけは、西郷先生に呼ばれても、西郷先生の言いつけに背いてみようかな」

　助三郎は、あらためて西郷という人物の大きさと、菅秀三郎実秀という人物の大きさを思い知った。そして、人が心と心でつながる、その強さを感じたのである。

ちょうど菅秀三郎の家の前を子供神輿が通るのか、少し甲高い楽しそうな声が家の中に響いた。

「さあ、祭りだ。子供たちに昔語りをして進ぜよう」

秀三郎は、着流しのまま神輿の掛け声のする方に歩いて行った。羽黒の山々の緑が、まぶしい季節であった。

あとがき

庄内と薩摩のつながりは思っている以上に深い。本文を書いていながら、そのことを思っていたが、実際に「人と人のつながり」という事がうまく表現できたのかどうか、その点に関しては、幾分自信がない。「大人物は大人物を知る」という。私自身が大人物ならば、その感覚を表現できるのであろうが、私自身そのような大人物でもないので、歴史上の大人物の言行録から推測するしかない。源義経は、どうして那須与一に弓を任せたのか。晴耕雨読をしていた諸葛孔明はなぜ劉備に従い、劉備の死後も蜀を支え続けたのか。歴史の中に「なぜこの人が」と思うところがある。しかし、これらはすべて「人物」の心の動きに焦点を当てるとなんとなくわかってくるところがある。

まさに、庄内の菅秀三郎と薩摩の西郷隆盛は、お互いの人物を評価し、そしてお互いを「この人こそ将来の日本に必要な人」として、認めていた。その心のつながりがあったのではないだろうか。人物としてお互いを知り、お互いを信頼する。それは会っている回数や時間ではなく、ほんの一瞬、目と目があった瞬間にすべてが決まる、そんな人間関係があったのではないか。

西郷隆盛は鶴岡に入って、町の人々が活き活きとしている姿を見て、その統率や賑わいで、ほかの佐幕派の藩との違いを感じた。それはこれから戦争になり、江戸城も落ちているのに「正しいことをしている自信」を持った領民たちの姿。庄内藩を、そして城を中心にした心を寄せ合った「藩」という人の集団。その人のつながりを作り出した人物を、自分たち薩摩と比べて、共通点と違いを一瞬で見抜いたのではないか。その時から西郷は庄内藩に対して、ほかの藩と違う畏敬の念を、そして、庄内は戊辰戦争後いち早く開明的に新政府の中心になった薩摩に対して憧憬の念を持っていた。その感覚が交錯する中心に菅秀三郎と西郷隆盛がいたのではないか。

ところで、幕末はなぜ「下級士族」や「脱藩浪士」が自由に、そして生き生きと動いていたのであろうか。江戸時代のように身分制度がしっかりとしている世界で、なぜ彼らは動けたのか。家老等を飛ばして、彼らが藩主や他の藩の大名に会えたのはなぜか。木戸孝允と西郷隆盛と坂本龍馬で、薩摩と長州が積年の恨みを流して同盟を組めたのはなぜか。そのような時代であったといえばそれまでかもしれない。しかし、よくよく資料を見てみれば、各鎮撫軍の総督は、すべて皇族や貴族が担っていたのではないか。

旧来、貴族というのは天皇の仕事を補佐するのがその仕事だ。奈良時代や平安時代は、貴族が軍を統率していた。鎌倉幕府以降、武士がその政治まで専横していたが、江戸時代まですべて征夷大将軍は天皇が宣下していたのである。ペリー来航以来、日本以外の外国とどのように付き合うのかということが最も大きな主題になった。その中で幕府の権威は失墜し、そして天皇の目指すところと幕府の進んだ道とが開いた。そのような中で明治維新が起きる。

明治維新は「下級士族」の革命ではなく、徳川幕府という武士の棟梁が政治をする時代から、天皇が自分の力で政治を行う世の中に変えた、その変革の物語である。その政治の変革期に、幕府の作った身分というしがらみが存在しない「下級武士」や「脱藩浪士」が貴族や天皇の信任を受けて活躍できたのである。歴史上の出来事で「新」という言葉がつくとき、それは「他の専横から天皇親政に戻して新しい時代が始まる」というしるしになっている。「大化の改新」「建武の新政」「明治維新」いずれも、蘇我氏・北条氏・徳川氏というところから天智天皇・後醍醐天皇・明治天皇が親政に戻した出来事を言う。明治維新では、その時に貴族と下級武士が尽力したのである。

本書でも貴族が登場して、薩長の武士たちと、庄内の人々の扱いについて、自分の立場から様々な行動をとる。四條隆謌は、やはり軍人らしく西郷の理解者であったし、また、三条は、偉大なる調整役であり、五摂家でないのに太政大臣になった維新の貴族の象徴のような人物。そして長州と最も親しくし、西郷と対立する人物として岩倉具視が、それぞれ三者三様に「新しい政治」への理想を言う。微妙にかみ合っていない様が、まさに明治維新の混乱を物語っている。そして、この貴族の対立に翻弄される下級武士たち。特に幼馴染であるのに対立し戦争になってしまう大久保利通と西郷隆盛の胸中はいかなるものであったか。彼らの仕草でそれを察していただけるとありがたい。

さて、『庄内藩幕末秘話』では、今まであまり脚光を浴びなかった戊辰戦争で官軍に勝ち続けた庄内藩を取り上げ、「悪いことをしていると思って戦争を行う人はいない」ということを書いたつもりだ。実際に、日本もそして他の国も、命を懸けて戦うのに、自分たちが悪いことをしていると思って戦うような人はいない。いや、そのような状況では戦いなどはできない。しかし、今回の西南戦争は違う。今回は「負けるとわかっていながら戦わなければならない戦争がある」ということを西郷は教えてくれたのではないか。これはある意味で「諫死(かんし)」ではなかったか。西郷は、自分が死ぬことで、明治政府が一つになりより良い国になると考えていたのではないだろうか。彼は、「戊辰戦争で多くの日本国民を殺した」という「大罪」を一身にかぶり、そして、自分がいなくなることによって、より発展する日本の国を見ながら死んだのではないか。この本に限らず、西郷隆盛の本を読むたびに何故かそのように思える。

では、なぜ彼は「生きる」という選択をしなかったのか。それが大きな疑問であった。しかし、その理由が「菅秀三郎」という後事を託せる人物がいること、そして自分の名誉を後世まで守ってくれる「四條隆謌」のような理解者がいたことが、彼にとって安心して死ねると思った理由ではないのか。

歴史、特に偉人の考えることは、やはり私のような凡人にはなかなか想像がつかない。しかし、その心根を、『庄内藩幕末秘話』で活躍し、また、本書の主人公でもある本間助三郎や、西南戦争で戦死する服部小作は、本物の西郷隆盛と触れることで、何かを感じることができたのではないか。その「何か」が『南州翁遺訓』につながるのではないか。この二人は架空の人物であるが、しかし、この二人の「目」、感じた「心」が、皆さんと共有できる感覚ではないかと思います。

「大人物は大人物を知る」。まさに、人と人の触れ合いが、庄内と薩摩という距離を超えて、日本そのものを動かす大きな流れになる。初めは一滴の水も、川になりそして海になる。それが歴史の物語であり、そして、読者の皆さん自身にも、そのような出会いがあるかもしれない。
そのような願いを込めて、この小説のあとがきにさせていただきたいと思います。

二〇一五年九月九日

宇田川　敬介

【著者略歴】

宇田川　敬介（うだがわ　けいすけ）

昭和 44 年生まれ。麻布高等学校を経て、中央大学を卒業。作家。

政治、経済、国際関係などを中心に、特に人物や民俗性、地域性を考慮した論説を行う。政治などの傍ら、雑誌または雑誌の WEB サイトなどに、昔話や童話の民俗的または神話などからひも解いた解説の連載を行う。

著書に、『庄内藩幕末秘話』、『日本文化の歳時記』（ともに 2014 年　振学出版）、『韓国人知日派の言い分』（2014 年　飛鳥新社）など。

小説　庄内藩幕末秘話　第二
西郷隆盛と菅秀三郎

平成二十七年十一月十九日　第一刷発行

著　者　宇田川　敬介
発行者　荒木　幹光
郵便振替口座
口座番号　00170-1-191743
口座名義　株式会社　振学出版
発行所　株式会社　振学出版
東京都千代田区内神田一－一八－一一
東京ロイヤルプラザ一〇一〇
電話　〇三－三二九二－〇二一一
URL http://www.shingaku-s.jp/
発売元　株式会社　星雲社
東京都文京区大塚三の二一の一〇
電話　〇三－三九四七－一〇二一
印刷製本　株式会社　洋光企画印刷